DREAMBOOKS★

DREAMBOOKS★

전설거사

전생자 9

초판 1쇄 인쇄 2019년 1월 21일
초판 1쇄 발행 2019년 2월 7일

지은이 나민채
발행인 오영배
편집 편집부
일러스트 eunae
본문편집 오정인
제작 조하늬

펴낸곳 (주)삼양출판사 · 드림북스
주소 서울시 강북구 도봉로 173
대표 전화 02-980-2112 팩스 02-983-0660
편집부 전화 02-987-9393 팩스 02-980-2115
블로그 blog.naver.com/dreambookss
출판등록 1999년 3월 11일 제9-00046호

ISBN 979-11-283-9472-0 (04810) / 979-11-283-9410-2 (세트)

드림북스는 (주)삼양출판사의 판타지 · 무협 문학 브랜드입니다.

ORIGINAL FANTASY STORY & ADVENTURE
나민채 판타지 장편소설
9
전생자
dream books
드림북스

목차

Chapter 01	007
Chapter 02	051
Chapter 03	093
Chapter 04	135
Chapter 05	177
Chapter 06	219
Chapter 07	259
Chapter 08	299

Chapter 1.

　[시작의 장에 진입 하신 걸 축하드려요. 저는 1막 1장을 운영하게 된 인도관 이랍니다. 많이 혼란스러우시겠지만 제게 집중 해 주시겠어요?]

　정령이 메시지를 띄우며 도로 정중앙에서 나타났다.
　"어어!"
　"뭔가 나타났어요!"
　정령의 크기는 주먹 정도로 작지만, 아름다운 푸른빛을 품고 있기 때문에라도 사람들의 시선을 집중시키는 데에는 효과적이었다.

사람들이 불빛을 쫓는 나방들처럼 정령에게 향하기 시작했을 때, 선후는 사람들의 얼굴을 하나씩 확인하고 있었다.

하지만 안타깝게도 선후가 알고 있는 얼굴은 그중에 없었다.

'과거의 첫 무대에서 인상 깊었던 녀석도 없는 걸 보면 과거와는 달리, 다른 무리 속으로 진입하게 된 것 같군.'

　[이 공간이 여러분들에게 익숙해 보이겠지만 사실
　은 달라요. 여러분들을 위해 만들어진 것뿐이지, 여러
　분들의 본 세계와는 다른 시간과 법칙에 의해 운영 되
　고 있는 곳 이거든요. 아시겠지요?]

머리가 잘 돌아가는 자들은 벌써 눈치 채고 있었다.

도로에 차 하나 없는 것도 그렇고. 상가 건물들에도 간판이 붙여져 있지 않을뿐더러 그 안의 창 너머로도 어떤 집기가 보이지 않는 이유를 말이다.

하지만 머리가 썩 느리게 돌아가는 자들은 여전히 미련이 깃든 시선으로 주위를 둘러보고 있었다. 여기가 자신이 알고 있는 어떤 지역이 아닐까 하는 생각에 말이다.

그러나 정령의 설명대로였다. 여기는 시스템이 만들어 놓은 공간이다. 사람들에게 익숙한 장소를 본떠 만든 것뿐.

여기를 핵실험을 위해 만들어진 유령 마을과 다를 바 없다고 생각하고 있던 선후의 표정은 냉담하기만 했다.

정령은 사람들 사이를 날아다녔다. 사람들의 시선은 정령이 띄운 메시지를 뚫어져라 쳐다보다가도, 정령의 움직임을 쫓기에 바빴다.

한 청소년이 막 제 앞으로 날아온 정령에게 손을 뻗었다. 누군가 말릴 틈 없이 벌어진 일이었고, 그런 주의 사항을 지금으로선 아무도 모르는 상황이었다.

정령은 청소년의 손길을 빠르게 피해 손등에 내려앉았다. 사실 정령은 형체가 없기 때문에 내려앉았다는 표현보다는 그 부위로 내려앉는 시늉을 했다는 게 맞을 것이다.

정령의 친화적인 모습은 사람들의 긴장된 표정들을 한결 풀어 놓았다. 정령을 코앞에서 마주하고 있는 소년은 특히 매료되어서 미소까지 머금고 있었다.

'하지만 정령의 다른 얼굴과 마주하고 나면, 다시는 저런 미소를 보일 수 없겠지.'

정령은 소년을 벗어나 선후의 앞으로도 날아왔다. 정령이 선후를 뚫어져라 쳐다보고 있을 때, 모두의 눈앞에 새로운 메시지가 떠올랐다.

정령은 시스템상의 메시지 창을 입 대신 이용하고 있었다.

[우리 인도관들은 여러분들을 성장시키기 위해 많은 준비가 되어 있답니다. 그중에 하나가 퀘스트예요. 퀘스트를 성실히 이행하신 분들은 다음 단계로 돌입 할 수 있는 자격을 얻을 수 있겠지만, 낙오 되신 분들은 그럴 수가 없어요.]

"낙오되면 집으로 돌아갈 수 있는 거야?"

한 남자가 외쳤다.

그때에도 정령은 선후에게서 시선을 떼지 않은 채 메시지로만 대답을 띄웠다.

그 순간이 정령의 다른 얼굴이 드러났을 때였다. 정령이 발광하는 색채가 푸른 빛깔에서 붉은 빛깔로 변하며, 그 조그마한 얼굴에도 사악한 악마 같은 웃음기가 번지기 시작했다.

[더 좋은 곳으로 보내 드릴 거예요.]

그것과 제대로 얼굴을 마주하고 있는 건 선후뿐이었다. 선후는 눈살을 굳히며 정령에게 외치고 있는 남자를 향해 고개를 저었다.

하지만 남자는 급했다. 그에게는 당장 그의 손길을 필요로 하는 어린 딸이 둘이나 있었다.

"퀘스트고 자시고, 지금 돌려보내 줘. 더 좋은 곳은 필요 없으니까! 부탁이야!"

[지금 보내 드려요?]

선후가 말리기엔 늦었다. 정령이 남자에게 날아가고 있었고.
"그래!"
남자에게서도 대답이 터져 나오고 있었다.
퍼억!
동시에 남자의 얼굴이 폭탄처럼 터져 버렸다. 거기서 튀어나온 핏물은 남자의 바로 옆에 있던 여자의 얼굴을 덮쳤다. 여자는 눈만 깜박거렸다. 다른 사람들이 비명을 지르며 거리부터 벌리던 때에도, 여자는 그 자리에서 한참을 멍하니 있더니 마침내 소리를 지르는 것이었다.
"꺄아아아아악!"

[돌아가고 싶으신 분은 언제든 말씀해 주세요.
(๑ˊᵕˋ๑)]

젠장할 놈.

멀쩡한 사람 얼굴 터트려 놓고 나서 이모티콘 쓰지 마라.

선후는 그런 눈빛으로 정령을 노려보다가 시선을 돌렸다. 지금 정령과 시비가 붙어서는 곤란하기 때문이었다.

시체를, 그것도 얼굴이 터져 버린 시체를 겪어 본 사람이 몇이나 될까.

정령은 그렇게 겁에 질린 사람들을 비웃기라도 하듯, 처음과 다를 바 없는 모습으로 사람들 사이를 날아다니기 시작했다.

선후를 제외한 모든 사람들은 정령을 피해 도망쳤다.

상태 창, 파티, 공격대 등 기본 시스템에 대한 충분한 설명 메시지가 연달아 떠오르고 있지만, 그 메시지들을 제대로 보고 있는 자는 없었다.

선후는 굳은 얼굴 그대로 발걸음을 옮겼다. 당장 가장 많은 사람들이 도망친 방향을 향해서였다.

*   *   *

정령이 작고 귀여운 외형과 형형한 푸른빛을 발광하는 것으로 사람들의 시선을 모았다면.

규범이 메고 있던 소총 또한 위급한 순간에 시선들을 집중시켰다. 사람들은 무심결에 규범을 뒤쫓았다.

현실이었다면 편의점으로 이용됐을 만한 작은 건물 안이었다. 그 안이 규범을 따라 뛰어온 사람들로 가득해졌다.

"그거 장식 아니잖아요. 쏴 버려요."

한 여자가 규범의 소총을 턱짓하며 말했다. 규범은 당혹스러운 얼굴로 고개를 저었다.

그렇지 않아도 도망쳐 오는 도중에 안전장치를 풀고 방아쇠도 당겨 보았는데, 어찌 된 영문인지 아무 일도 일어나지 않았었다.

탄창이 실탄으로 가득 채워져 있는 건 맞다.

바로 직전. 그러니까 이 이상한 공간으로 이동되기 직전에, 규범은 서울의 남단에 실전 배치되어 있었다.

규범은 사정을 설명하려다가 그만두었다.

그래서는 안 될 것 같았다.

본인에게 쏠려 있는 다양한 시선들에서 어떤 위화감을 느꼈기 때문이었으며, 이런 비상시에는 비록 고장 난 총이라도 유일한 통제 수단이 될 수 있기 때문이었다. 고장 났다는 게 밝혀지지 않는다면 말이다.

한편 겁에 질린 사람들은 아무 말이나 내뱉고 있었다. 나가서 괴물을 죽여 달라느니, 집에 돌아가는 방법을 알고 있냐느니.

규범은 사람들을 무시하고 창밖부터 확인했다. 저 너머

로 얼굴이 터진 잔혹한 시신만 덩그러니 놓여 있을 뿐, 그 시신을 만들었던 작은 악마는 어디에도 보이지 않았다.

그때에도 규범의 뒤통수는 사람들이 내뱉는 소리들로 따가웠다.

"다 알겠으니까. 조용히 좀 합시다!"

규범은 뒤에 대고 성질을 냈다. 신분을 밝히는 것도 잊지 않았다. 어차피 그의 전투복에는 계급장과 명찰 그리고 부대 마크가 달려 있었다.

"3사단 백골부대 수색대대, 이규범 중위라고 합니다."

그제야 규범은 사람들을 훑어볼 여유가 생겼다. 민방위까지는 동원되지 않았던 탓에, 군복을 입고 있는 자들 태반이 젊은 남성이었다.

하지만 소총을 지참하고 있는 건 그 혼자였다. 현역 군인은 없었고 모두 예비군 신분이었다.

규범은 젊은 남성들 중 군복을 입지 않은 자들을 확인했다.

그런 자들은 탈영병일 가능성이 높았다. 다른 시국도 아닌 외계 문명의 침공이라는, 전시(戰時) 이상의 국가 비상사태에 국가의 부름에 응하지 않은 자들은 아무래도 믿을 수 있는 작자들이 아니었다.

"지금부터는 제 통제에 따라 주십시오. 어렵겠지만 침착하게 따라 주셔야만, 다 같이 집으로 돌아갈 방법을 찾을 수 있습니다. 군 소속이었던 분들은 제 앞으로 모여 주십시오."

규범은 일단 군복을 입지 않은 자들에게서 신경을 껐다. 그들을 제외해 놓고도 인원이 충분해 보였다.

지금은 상황을 통제할 수 있는 체제를 만드는 것이 우선인 순간이었다.

규범의 앞에 청년들이 새로 모였다. 총 스무 명으로 얼추 소대 규모가 모였다. 그들 중 누구도 규범의 지시에 반발하는 기색이 없었다. 오히려 이런 순간에 믿을 만한 현역 군인이 존재한다는 것이 반가운 기색이었다.

규범은 지금 당장 개개인의 주특기 따위를 묻고 소대를 짤 생각이 없었다. 돌이켜 보건대 작은 악마를 피해서 도망쳤을 때, 자신을 쫓아오지 않은 사람들이 적지 않았다. 소대를 제대로 짜는 건 그쪽의 예비군들까지 규합한 이후에 하는 게 나을 것이다.

"10분 정도 더 기다렸다가 바깥에 흩어진 사람들도 한자리에 모을 겁니다. 그때까지 대기해 주십시오."

규범이 사람들에게 시간을 줬을 때부터였다. 웅성거림이 점점 커졌다.

핸드폰을 비롯한 각종 전자 기기들이 전원조차 들어오지 않았다. 규범의 손목시계 또한 먹통이었다.

"핸드폰 켜지시는 분 있습니까?"

그때 성일이 나섰다.

"켜지기는 개뿔이요! 인도관인지 머시기가 하는 말 못 들었소? 아니, 못 읽었소?"

"성함이?"

"나는 권성일이라 하는 사람인디. 군인 양반이 상황 파악 안 되는 것 같아서 하는 소리니께, 기분 나쁘게 듣지는 마소. 사람들 데리고 뭔가 하려면 제대로 알고 해야 하지 않겠소. 군인 양반. 날 따라 해 보시오. '상태 창.'"

"조용히 계십시오. 분란 일으키지 마시고."

"아따 좀 따라 해 보랑께. 상태 창."

성일은 답답하다는 듯 얼굴을 구겼다. 그러면서 그가 바지 속으로 감추고 있던 짧은 칼 하나를 끄집어냈다.

규범은 총부리를 성일에게 겨눈 것으로 즉각 응수했다.

"거기서 움직이지 마십시오. 경고했습니다."

"군인 양반이야 총이 있응게 가슴 펴고 있는 거지, 우리 아가들 표정 안 보이요? 나만 조용히 알고 있으려던 거였는디 안 되겠어서 하는 소리요. 따라 해 보랑께. 그럼 이런 거 준다니까."

성일이 제 손의 단검을 눈짓하며 마저 말했다.

"나가서 쪼그마한 개새끼 잡치려면, 우리 아가들한테도

무기라 할 만한 게 있어야 않겠소. 분란 일으키려는 게 아니고 우리 군인 양반 하시는 일 도와주려는 거요. 그냥 한마디면 되는 걸. 답답하구만."

"상태 창."

규범이 내뱉은 소리가 아니었다. 예비군 중 한 명이 그렇게 내뱉고는 곧 희한한 표정을 지었다. 그의 앞에 떠오른 창이 있었다.

자신의 이름이 정확히 박힌 것 하며, 능력치가 구분되어 있는 것이 영락없이 게임 시스템을 그대로 차용한 것 아닌가.

규범에게는 예비군이 보고 있는 것이 보이지 않았다. 그러나 예비군이 허공에 팔을 뻗은 후에 외치는 말이 있었다.

"이거 미쳤네. 스킬이잖아! 이 아저씨 말이 맞았어요!"

예비군이 얻은 스킬은 빙결계 중에 하나였다. 그가 시험 삼아 시전한 스킬은 기운이 뭉쳐져서 만들어진 뾰족한 형태였다.

그것이 벽에 날아가 부딪치는 순간, 한기가 타격점을 중심으로 빠르게 확산됐다가 사라졌다. 모두는 경악한 얼굴로 그 광경을 똑똑히 보았다.

그때부터였다.

남녀노소 불문하고 모두가 한마디씩 내뱉기 시작했다.

"상태 창."

"상태 창."

"상태 창."

각각의 눈앞에 상자가 뜨고 있었다.

목적을 마친 성일은 씩 웃으며 뒤를 돌아보았다.

그런데 상태 창을 띄우면 각성 보상을 받을 수 있다는 사실을 알려 준 청년은 어디에도 보이지 않았다. 경황없던 순간의 짧은 만남이었지만, 성일은 그 청년이 너무나 인상 깊었다.

모두가 총을 든 군인을 쫓아 뛰어 들어왔을 때, 그 청년만큼은 제일 마지막에 천천히 걸어 들어왔었다. 그러고는 기분이 나빠 보이는 게 전부인 얼굴로 구석의 벽에 기대서서는, 돌아가는 상황을 주시하기 시작했었다.

정말로.

기분이 나빠 보이는 얼굴이 다였다. 숨을 헐떡이지도 놀란 눈을 두리번거리지도 않았다. 너무나 차분한 모습으로 이규범 중위가 사람들을 통제하는 모습을 지켜보다가, 자신을 눈짓으로 불러서 각성 보상에 대해 알려 준 게 전부였다.

성일은 고민했다.

그 청년을 찾아 바깥으로 나가는 게 좋을지, 아니면 이대로 군인들의 통제에 따라 숨죽이고 있는 게 좋을지.

그의 고민은 길지 않았다. 군인들이 상황을 통제하는 것처럼 보이지만 영원할 것 같진 않았다. 실시간 뉴스로 똑똑히 보지 않았던가.

이 괴상한 공간.

시작의 장이라 명명된 이 공간에 진입되기 전, 두 시간 동안 몬스터에 철저하게 박살 났던 군부대의 광경을 말이다.

여기에도 그러한 몬스터가 우글거리고 있다면 필요한 것은 군인들이 아니라, 상황을 냉철하게 읽고 이미 준비가 된 사람의 곁에 있는 것이었다.

성일이 볼 때 직전의 그 청년이 바로 그러한 사람이었다.

결정을 마친 성일은 황급히 문을 열고 뛰쳐나갔다.

아직도 바깥에 사람 머리를 터트려 죽인 작은 괴물이 있을지 모르겠다만, 다행히도 문을 여는 순간 성일의 시선에 잡힌 건……

점점 멀어져 가는 청년의 뒷모습이었다.

*　　　*　　　*

"권성일이고 마흔 쪼까 넘었다. 그 짝은?"

"권성일."

"그래. 그게 내 이름인디, 여기서 이라지 말고 일단 안전한 곳으로 가는 게 어뗘? 사람들하고 같이 있는 게 싫다믄 없는 곳으로라도 들어가자는 거여."

"계속 따라올 거요?"

"안 돼?"

"말릴 생각은 없지만, 사람들하고 같이 있는 게 안전하다는 거요."

등에 메고 있는 커다란 배낭, 조금도 흐트러짐이 없는 자세. 그리고 무엇보다도 성일은 선후의 눈빛이 예사롭지 않아 보였다.

백골부대 수색대대라고 하면 국내 군부대 중에서도 알아주는 곳인 데다, 학사 장교가 아닌 직업 군인으로서의 이규범 중위보다도 강인한 눈빛이었다.

성일은 선후의 그 눈빛에 대고 말했다. 자신의 가슴을 맨주먹으로 가볍게 두드리면서.

"여기가 그 짝을 따라가야 한다고 시키는디?"

"마음대로. 다만 나를 따라오면 높은 확률로 죽게 된다는 걸 명심해 두시오."

성일의 동공이 흔들렸다.

"까짓것. 이래저래 미쳐 버린 세상 같은디 어찌 되든 되겠지."

직접 확인한 공간은 성일이 인지하고 있던 것보다 좁았다.

전 면적이라 해 봐야 한 블록 정도가 끝이었다. 이후부터는 깜깜한 어둠에 가려져 아무것도 보이지 않았다. 마치 자를 대고 줄을 그어 놓은 듯 완벽한 영역 분리였다.

어둠의 경계면에 선 성일은 그 너머로 차마 팔을 뻗지 못하고 뚫어져라 노려보기만 했다.

그러다가 똑같이 경계면을 마주하고 있는 선후를 쳐다보았다.

'아따 쫄려 죽겠구만. 이 젊은 친구는 대체 뭐 하다 온 자슥이래.'

"뭘 기다리고 있는 거여?"

성일이 물었으나 선후는 대답이 없었다.

그때 둘의 뒤쪽 먼발치에서 사람들이 건물 밖으로 나오고 있었다.

머리가 터져 죽은 시체가 있는 부근을 의도적으로 피한 채, 이규범 중위를 중심으로 사람들이 새로 규합되고 있는 광경이었다.

잠시 후였다.

성일이 흠칫 놀라며 갑자기 떠오른 메시지를 쳐다보았다.

마침 성일의 시선이 경계 너머의 어둠을 향해 있던 중이라, 거기서 떠오른 것처럼 보이는 메시지가 보다 공포스럽게 느껴지는 것이었다.

　[절 두려워하지 마세요. 저는 여러분을 위한 마음 뿐이랍니다. (ₒɢ̊ₒ)]

"이…… 이봐. 그 짝에게도 떴지?"
그러면서 성일은 주위를 두리번거렸다.

　[집중해 주세요. 본 무대의 참가자 100인, 아니 한 명이 낙오하였으니 99인 이지요? 지금 막 99인 모든 분들께서 각성을 했습니다. 기본 시스템을 숙지 하셨다고 판단하고 다음 단계로 돌입 하겠습니다. 준비 되셨나요?]

성일은 민망하지만 그런 걸 따질 여유가 없었다. 선후와 어깨가 닿을 만큼 거리를 좁혔다.
저만치 떨어진 곳에서 또다시 난리가 났기 때문이었다. 사라졌다고 생각했던 작은 악마가 사람들이 운집해 있는 공간에서 나타난 것이 난리의 원인이었다.
성일이 서 있는 곳과는 200미터쯤 떨어진 거리에서였다.

"개…… 잡놈이 나타났어. 뭘 기다리는지 모르겠는디, 일단은 우리도 자리를 피해야……."

차마 거기까지 들릴세라, 성일은 낮은 목소리로 말했다가 입을 다물었다.

[각성 보상을 이용하여 방어에 성공 하세요. 저 인도관은 여러분들을 믿습니다! 아 참, 시작의 장은 여러분들을 위해서 준비된 곳이에요. 무턱대고 몬스터를 들여보내는 건 초행길에 잔혹한 짓이겠지요? 그래서 전투를 준비 할 수 있는 시간을 드리기로 하였답니다. 감사히 받아 주세요. 그럼 1막 1장을 시작 합니다.]

[퀘스트 '웨이브'가 발생 하였습니다.]
[웨이브까지: 23시간 59분 59초]
[웨이브까지: 23시간 59분 58초]

"이, 이봐!"

성일이 황급히 외쳤다. 그러나 선후는 그에게 눈길 한번 주지 않았다.

일말의 망설임도 없었다. 지독한 어둠만이 가득한 곳으로 바로 발을 내딛는 것이었다.

"······."

호기롭게 선후를 따라온 것도, 거기까지가 성일의 한계였다.

성일은 선후가 사라져 버린 어둠 너머로 쫓아 들어갈 수가 없었다.

저기에 무엇이 있는 줄 알고?

모르긴 몰라도, 몬스터가 득실거릴 거라는 추정 정도는 할 수 있었다. 뉴스 속에서 봤던 그것들은 꿈에서도 나올까 봐 두려운, 진짜 괴물들이었다.

성일은 어둠 속으로 완전히 사라진 선후를 향해 외쳤다.

진짜 저 안으로 들어가 버릴 줄은 몰랐다.

"나 돌아간다? 미안혀!"

대답은 없었다.

성일은 하는 수 없이 사람들이 다시 운집하고 있는 쪽으로 방향을 틀었다.

그는 걸어가는 도중에 상태 창을 계속 띄워 봤다.

직감적으로 퀘스트 창과 연동된다는 것도 느낄 수 있어서, 잠시나마 두려움이 잊혀질 정도의 신기한 경험이었다.

규범이 성일을 향해 다가왔다.

"권성일 씨. 단독 행동하시면 안 됩니다. 잘 아실 만한 분께서 왜 그러십니까. 그리고 다른 한 분도 같이 계시던데 그분은?"

성일은 뒤쪽을 가리켰다.

규범의 시선은 자연스럽게 성일의 어깨 너머로 향했다.

그렇지 않아도 저쪽이나, 사방 면 끝 쪽에 계속 신경이 쓰였다. 기이한 현상이 펼쳐져 있다.

어둠이 장벽처럼 버티고 서 있어, 더 너머의 시야를 가로막고 있었다. 절대 접근하지 말라는 경고처럼 느껴지기도 했다.

"저길 들어갔다는 겁니까?"

규범이 혀를 내둘렀다.

"데려오면 좋겠는디 안 되겠소?"

"아는 사람입니까?"

"그런 게 아니고 우리한테 꼭 필요한 친구 같아서."

'아직까지도 울고 짜고 있는 것들보다는 훨씬!'

성일은 여전히 들려오는 그 소리들이 짜증 났다. 사실 선후를 따라나섰던 이유 중 하나가, 좁은 건물 안에 가득했던 흐느끼는 소리였었다.

남자고 여자고 성별과 관계없이 말이다.

"권성일 씨는 사람들과 합류해서, 우리 군의 통제에 따라 주십시오."

"군인 양반은?"

그때 규범의 눈동자가 오른쪽 위로 살짝 움직였다. 시선 그쪽 끝에 걸쳐 있던 알림 창에선, 계속 시간이 줄어들고 있었다.

규범은 대답 대신 뒤쪽으로 두 사람을 불렀다.

성일은 규범이 예비군 한 명을 데리고 경계면 쪽으로 향하는 것까지 바라보다가 사람들과 합류했다.

"이 짝 그룹은 마음에 안 드는디……."

*   *   *

"소대장님."

규범을 부르는 명칭이 소대장으로 바뀌었다.

"설마 들어가 보려는 건 아니시죠? 딱 봐도 위험하지 않습니까. 하지 마세요."

예비군이 사색이 된 얼굴로 뒷걸음질 치며 말했다.

규범도 어둠 너머로 진입할 목적 따위는 애초부터 없었다. 가까이 다가가면 뭔가 보일지도 모른다는 생각이었는데, 그런 것도 없었다. 그냥 깜깜하게 꽉 막히기만 한 것이, 멀리서 볼 때보다 더 오싹했다.

규범은 총부리 끝만 집어넣어 보았다. 바로 코앞에서 벌어지고 있는 일인 데도 어둠을 관통한 부분부터는 육안으로 확인이 불가능했다.

'여길 들어갔다니…… 무슨 생각으로?'

규범이 가진 보통의 상식으로는 이해할 수가 없었다. 하물며 어둠과 계속 마주하고 있는 것부터가 못 할 노릇이었다.

규범은 즉각 빼낸 총부리에 이상이 없다는 것까지 확인한 후, 몸을 돌렸다. 그제야 규범과 같이 왔던 예비군은 안심하는 얼굴이 되었다.

"소대장님. 이번 퀘스트 있잖습니까. 이거 디펜스 게임하고 대충 비슷하지 않습니까? 웨이브란 명칭도 그렇고, 준비 시간을 주는 것도 그렇고."

"디펜스 게임이 뭔데?"

"안 해 보셨습니까?"

"컴퓨터 게임인가?"

예비군은 규범에게 디펜스 게임에 대해 열심히 설명했다.

"자네 설명대로라면…… 다행이군."

1차 웨이브, 2차 웨이브. 그렇게 마지막 웨이브까지 점점 강해지는 공격에 대항해야 하는 컴퓨터 게임과는 달랐다.

규범이 퀘스트 창을 수차례 확인해도 추가적인 공격을 다루는 문구는 적시되어 있지 않았다.

그러니까 한 번의 웨이브만 막아 내면 퀘스트 성공과 함께 포인트 및 보상을 받게 되는 것인데, 문제는 공격의 시작점에 있었다.

'저기에서 나올 것 같단 말이지.'

아무래도 도로가 이정표처럼 보였다. 일자로 쭉 뻗어있되 북쪽과 동서 양측은 건물들로 막혀 있고, 남쪽만이 유일한 통로였다.

어둠 속으로 사라졌다는 청년이 향한 방향 말이다.

규범은 할 일을 결정했다.

사라진 청년을 제외하고 나면 자신을 포함해 98인이다. 그중 50세 이하의 남성들을 모두 전투 인력으로 편성하고, 보상으로 뜬 아이템들을 수거하여 전투 인력들을 무장시키는 것이다.

노인들과 여자들은 전력에서 제외한다. 개중 스킬이라는 초능력을 보상으로 받은 이들도 있지만, 규범은 그들을 전투 인력으로 편성하는 것이 오히려 전력을 약화시키게 될 거라고 판단했다.

사람이 죽어 나가는 전투가 될 거다. 피와 살이 튀는 실제 전투.

'기초적인 훈련조차 받지 못한 자들은 도리어 방해가 되지.'

다만 전투 인력들을 보조할 수 있는 스킬을 가진 이들은 후방에서 지원을 하게끔 하는 것으로, 편성을 마치는 것이다.

거기까지 생각한 규범은 자신의 가슴 쪽을 물끄러미 쳐다보았다.

그가 각성 보상으로 받은 건 인장이었다. 인장을 받을 때 느꼈던 감각이 있었고, 그것을 실험해 볼 생각이었다.

"가만히 서 있어 봐."

[까마귀의 인장을 인계하시겠습니까?]

역시였다.

취소하는 방법도 순간 일으켰던 육감(六感)의 일종이었다.

'좋아! 인장도 전투 물자로 이용할 수 있겠군.'

＊　　　＊　　　＊

준비는 끝났다.

예비군들이 각기 돌아다니며 사람들의 보상 목록들을 받아 적어 왔다.

"모두 편히 앉아 주십시오."

규범이 사람들을 모아 놓고 말했다.

"지금부터 물자를 한자리에 모으고, 우리 군이 공평하게 관리하겠습니다."

맨몸으로 진입된 사람들은 당연히 아무렇지 않았다. 하지만 사람들 중에는 [세계 각성자 협회]라는 조직의 긴급 회견을 보고 부랴부랴 배낭을 꾸린 이들이 존재했고.

그 이전에 현대 화력으로도 어쩔 수 없는 몬스터들의 광분을 보면서 생존 배낭을 준비해 뒀던 자들도 존재했다.

"잠깐만요."

"앞으로 말씀하실 때에는 신분부터 밝혀 주십시오. 지역과 직업 그리고 나이와 성명."

"부천에서 회사 다녔고요. 28세. 이름은 조은실이에요."

"예. 조은실 씨. 이제 말씀하셔도 됩니다."

"긴급 상황인 거 알겠고 우리 모두 협력해야 한다는 것도 알겠어요. 물자를 한자리에서 모아서 관리하는 게 장기적인 측면에서도, 안정적이란 걸 왜 모르겠어요. 하지만."

여자가 시야 구석의 알림 창을 확인하며 마저 말했다.

"남은 시간은 고작해야 22시간이에요. 그때까지 목이 마르시고 배가 고프신 분께는 얼마든지 제 걸 나눠 드릴 용의가 있어요. 하지만 군에서 모든 걸 징발해 간다고요? 그게 합리적인가요?"

처음에는 규범도 그럴 생각이 없었다.

"여기를 1막 1장이라고 하고 있습니다. 앞으로 더 있다는 소리입니다."

"이번 일을 치르고 나서 다시 협조를 구해야 할 일이란 말이에요."

"조은실 씨께서는 이번 일이 잘 끝난다는 가정하에 말씀하고 계신 겁니다. 우리 군의 판단은 이렇습니다. 물자라 함은 식량과 물뿐만이 아닌, 여러분들께서 지참하고 계신 모든 물자를 지칭하는 겁니다. 그중에 전투 물자로 이용될 수 있는 것들을 전투 인력들에게 배정함으로써, 여러분들의 생명과 안전을……."

군의 판단이 아니라 당신의 판단이잖아.

은실은 그런 눈빛으로 대꾸했다.

"그러니까 적어도. 식량과 물은 지금 당장 징발할 필요가 없다는 거예요."

은실은 자신과 같은 처지의 사람들을 쳐다보았다. 다들 그녀에게 동조하며, 똑같은 시선으로 규범에게 항의하고 있었다.

하지만 그 사람들의 눈빛을 대하는 규범의 표정에는 조금의 변화도 없었다.

"우리 군을 믿고 따라 주셔야만, 이 위기를 다 같이 헤쳐 나갈 수 있습니다."

"제 말 아직 안 끝났어요. 납득할 만한 설명도 듣지 못했고요."

"그 건은 선 처리 후 다시 조율하는 시간을 가지기로 하겠습니다."

"아, 아니!"

"조은실 씨. 비상 상황입니다. 어떤 상황인지 정말로 모르시는 겁니까. 우리 군을 믿어 주십시오."

은실은 억울한 목소리가 목 끝까지 치밀어 올랐다. 그러나 더는 항변할 수 없는 것이, 강압적인 규범의 얼굴뿐만 아니라 그의 뒤에 버티고 서 있는 예비군들 때문이었다.

전투복을 입고 진입한 자들이 공통된 유니폼으로 뭉쳤다.

그렇게 한 무리를 지어서 이 별세계에서도 공권력을 형성하고 있는 것이다.

규범을 똑바로 쳐다보던 은실의 시선이 천천히 힘을 잃었다. 은실은 입을 꽉 다문 얼굴로 자리에 앉았다.

"그럼 물자에 대해서 마저 말씀드리겠습니다. 지금부터 우리 군은 여러분들의 소중한 아이템과 인장 또한 인계받아, 적재적소에 투입할 예정입니다."

술렁였다.

이번에는 맨몸으로 진입한 자들도 함께였다. 그래도 은실의 항변이 어떻게 무너졌는지 바로 직전에 겪은 터라, 소리를 높이는 자는 나오지 않았다.

규범은 차가운 시선으로 문제가 발생할 수 있는 주요 요인들을 주시하면서 계속 말했다.

"인장을 인계하는 방법은 시범을 보이겠습니다. 모두 숙지하시고, 통제에 따라 우리 군에 인장을 인계해 주십시오."

시범이 끝난 직후, 규범이 예비군들을 돌아보며 짧게 지시했다.

입술로만 간단하게.

"시작해."

전투복을 입은 자들이 앞으로 나오며 사람들 사이로 들어오기 시작했다.

군홧발 소리가 착착! 은실은 그 소리가 참 끔찍하게 들렸다.

차라리 몬스터들의 울음소리는 미디어 매체로만 겪어서 어쩐지 현실감이 없었지만, 당장 코앞에서 울려 퍼지는 군홧발 소리는 그녀의 가슴을 매 순간 철렁이게 만들었다.

눈을 질끈 감은 그녀의 귓가로 두 사람의 큰 목소리가 들어왔다.

"군인 양반! 어차피 이 칼, 내가 쓸 거 같은디. 그냥 가지고 있으면 안 되겠소?"

"다시 한번 협조 부탁드립니다. 그리고 현 시각부터 제 호칭을 저기요, 군인 양반 등이 아니라, 소대장으로 통일합니다."

몇 차례 큰소리가 나긴 했다. 그러나 결국엔 모든 사람들의 아이템과 인장이, 규범의 지시하에 징발되던 순간이었다.

"어?"

"뭐야!"

모두가 놀란 눈을 부릅떴다.

그들에게 공통적으로 떠오르는 메시지가 있었다.

[퀘스트 '웨이브'가 완료 되었습니다.]

* * *

비록 최후의 장인 안식의 장만큼은 아니더라도.

1막도 후한 무대다.

본시 이전에는 최초와 차순위에게만 보상 박스가 지급되었으나, 시작의 장 1막에선 99인 모두에게 포인트와 더불어 보상 박스가 떨어지고 있었다.

그들의 눈앞에 실버 박스의 빛무리가 쏟아지고 있던 시각.

선후는 핏물과 살점 그리고 털들로 온 얼굴이 범벅되어 있었다.

선후의 손에 들려 있던 불타는 검은 붉은 망토로 변하며 그의 어깨 뒤쪽으로 내려앉았고, 선후의 눈앞에서도 골드 박스가 연거푸 열려 댔다.

내용물 확인이 끝나자마자, 정령의 메시지가 떠올랐다.

[벌써 퀘스트를 완료 하셨네요! 저 인도관은 여러분 들에게 감격했어요.]

선후는 메시지를 무시하며 몬스터 시체들을 뒤지기 시작했다.

선후가 찾고 있는 건 작고 검은 파편이었다.

'하필이면 크시포스 녀석들이라니.'

툴툴거릴 수밖에 없었다.

바클란 군단처럼 개체의 크기가 큰 녀석들은 마석 또한 큼지막하다.

그러나 1막 1장의 무대는 크시포스의 영역에서 펼쳐지고 있었다.

크시포스의 잡졸들이 몸 안에 품고 있는 마석은 선후가 찾고 있는 물건처럼 동일하게 작았는데, 감촉도 같았다.

그 말인즉 선후가 원하는 물건을 찾기 위해선 시체들을 일일이 다 뒤적거려야 한다는 뜻이었다.

그나마 태양검에 직접적으로 베어진 몬스터들은 살점까지 다 타 버려서 시체 속의 내용물을 확인하기에 번거롭지 않았지만.

등급이 하락된 스킬 등으로 처치한 몬스터들은, 이렇듯 시체 속에 손을 집어넣고 휘저어 대야 했다.

소환 둥지와 그곳을 지키고 있던 몬스터들을 처치하는 데 들인 시간보다 시체를 뒤적이는 시간이 길어지고 있었다.

드디어였다.

[시공의 파편 (히든 아이템)

시작의 장을 구현할 때, 떨어져 나온 흔적입니다.]

"네 놈이 먹었었냐."

선후는 얼굴이 존재하지 않는 작은 시체에 대고 뇌까렸다.

그제야 선후는 오면서 봐 뒀던 웅덩이로 향할 수 있었다.

핏물보다도 구석구석에 낀 털들이 불쾌했다. 오죽하였으면 입속에서도 그것들의 털이 씹힐까.

몸에 묻은 털들을 다 정리한 후.

선후는 혹시나 싶어서 걸음을 옮겼다. 그러나 꼼수는 차단되어 있었다.

영역이 분리되어 있어, 이후의 웨이브가 열릴 지역들에
는 접근이 불가능했다.

＊　　　＊　　　＊

[벌써 퀘스트를 완료 하셨네요! 저 인도관은 여러분
들에게 감격했어요.]

아직 편성을 제대로 마치지 못했고 전투 자원도 분배하
지 못했을 때였다.

"진정합시다!"

규범은 사람들에게 소리쳤다.

정령이 나타날 때마다 매번 혼란이 일어나서는 안 된다
는 게, 그동안 규범이 생각해 온 바였다.

"우리를 죽일 거라면 진즉에 그렇게 했을 겁니다. 우리
에게 바라는 것이 있는 겁니다. 다들 진정하시고, 우리 군
의 통제에 따라 주십시오!"

정작 사람들을 진정시킨 건 규범의 큰 목소리가 아니었다.

각성 당시에 겪었던 환상적인 광경.

박스가 열리며 쏟아진 빛무리가 그렇게 만들었다.

그때 규범도 스킬 하나를 얻었다.

그가 얻었으면 했던 스킬은 한 민간인 남자가 각성 보상으로 받은 스킬이었다.

몬스터들의 시선을 잡아 끌며 신체의 특정 부위를 단단하게 만들어 주는 스킬이었는데, 지금 자신에게 필요한 스킬이 바로 그런 것이었다.

후방의 탁상에서 전략을 짜야 하는 상황이 아니지 않은가.

수색대대 휘하의 부하들 중 한 명이라도 함께 진입했었다면 사정은 달라졌겠지만, 지금은 현장의 리더십이 필요한 상황이었다.

최전선에서 적과의 교전을 두려워하지 않아야 했다.

그래서 규범은 다시 보상을 받는다면 최전선에서 사용 가능한 스킬이어야만 한다고 생각했던 것이다. 하지만 그의 기대는 무참히 뭉개졌다.

의무대에서나 다룰 법한 스킬이 주어졌다.

규범은 용기를 냈다.

사람들을 벌벌 떨게 만드는 작은 악마에게 소리쳐서 물었다.

"스킬을 교환할 수 있습니까? 아니, 교환하게 만들 수는 없습니까?"

[시스템을 수정 하고 싶다는 거네요?]

정령은 규범에게 날아왔다.

규범은 정령의 오밀조밀하며 신비로운 얼굴을 마주하면서 침을 꿀꺽 삼켜 넘겼다.

저 얼굴을 보면 경계심이 무너지기 마련이지만, 정령이 만들어 놓은 시신은 아직도 처리되지 못한 채 도로 정중앙에 버려져 있었다.

[하지만 제게는 그럴 권한이 없어요.]

"그럼 누구에게 권한이 있습니까?"

[도전자.]

"도전자가 누구입니까?"

[조건을 달성하면 당신도 도전자가 될 수 있어요.]

"어떤 조건 말입니까?"

[그 조건을 알기 위해선 사전의 조건을 달성해야 하지요.]

"사전의 조건은 무엇입니까?"

[보셨지요? 모두 이 분의 적극적인 자세를 본받아야 해요. 마음 같아선 이 분께 첼린저 박스를 안겨 드리고 싶지만 그 또한 제게 허락되지 않아서 정말 슬프네요. (๑´ㅅ`๑)]

정령이 보내오는 메시지도, 정령이 작은 얼굴로 짓는 표정도 친근하기만 했다.

그래도 규범은 이 악마가 사람 머리 하나 터트려 죽이는 걸 아무렇지 않게 여긴다는 점을 상기하며 긴장을 놓지 않았다.

그는 사전의 조건에 대해서 다시 물었다.

[준비 시간 이전에 퀘스트를 완료한 것도 그렇죠. 여러분들의 적극적인 자세에 감탄해서 저도 모르게 들려 드린 거지, 원래는 여러분들 스스로 알아내야 하는 비밀이에요. 징계를 받을지도 모르겠네요. 아직까지

징계가 없는 걸 보면 다행이지만…… 계속 절 곤란하게
하실 건가요?]

사람들 모두에게 메시지가 가고 있었다. 그들은 조마조
마한 마음으로 규범과 정령을 바라보았다.
규범이 대답했다.
"죄송하게 되었습니다. 퀘스트는 이제 끝난 겁니까?"

[여러분들은 훌륭하게 완수 하였습니다. 축하해요.]

"그럼 1막 2장이 시작되겠군요. 몇 막 몇 장까지 존재합
니까?"
그때였다.
와직—
정령의 얼굴이 짓뭉개졌다. 푸른 빛깔도 핏빛으로 변해
서는, 화가 잔뜩 난 정령의 얼굴이 규범의 시선에 가득 차
들어왔다.

[누가 그래요. 1막 2장이 시작 된다고? 여러분들이
준비 시간 안에 퀘스트를 완료하는, 기대 이상의 모습
을 보여 주셨잖아요. 그래서 나 인도관은 이에 부응하

기로 했어요. 준비 시간이 끝나고 다시 만나요. 그때까
지 편히 쉬고들 있어요.]

"……."

[아! 그러고 보니 시간이 너무 많이 남았네요. 심심
하겠죠? 퀘스트를 하나 만들어 줄 테니 재밌게들 즐기
고 계세요. 파이팅. ٩('ᴗ'*)ﻭ]

퀘스트를 확인한 규범의 얼굴 또한 와락 일그러졌다.

*   *   *

마을로 들어가는 중간에 어설프게나마 바리케이드가 만
들어졌다.
건물 외벽을 부숴서 얻은 석재들을 쌓아 만든 것으로 군
인 두 명이 보초를 서고 있었다. 한데 둘의 표정은 불안하
기만 했다.
일단 소대장의 지시대로 자리를 지키고 있다만, 마을에
서 진행 중인 회의에 참석하지 못한 것이 아무래도 마음에
걸렸다.

문득 둘은 대화를 멈췄다. 어둠 속에서 걸어 나오는 선후를 기다렸다.

선후에게선 피비린내가 진동했다. 머리칼은 말랐지만 의복은 핏물이 제대로 지워지지 않은 채 선후의 피부에 달라붙어 있었다.

"날 기다리고 있었나 보군."

선후가 말하자 둘은 휘둥그레진 눈으로 대답을 망설였다.

"거, 거기서 꼼짝 말고 있어!"

"미안해요. 우리 군의 통제에 따라 주세요. 소대장님을 모셔 올 때까지 가만히 계셔야 해요? 아셨죠?"

선후의 예상과 조금도 다를 것이 없는 반응이었다. 선후는 고개를 끄덕였다.

바리케이드라고 해 봐야 마을로 통하는 진입로를 완벽하게 틀어막은 게 아니라서 양옆으로 얼마든지 돌아갈 수 있지만, 선후는 군인의 지시에 따랐다.

잠시 후 규범이 나타났다.

그는 선후에게 바리케이드 안으로 들어오라는 손짓도 없이, 그가 직접 바리케이드를 넘어갔다.

"우리가 봤던 메시지와 퀘스트가 동일하게 떴을 텐데, 맞소?"

선후는 고개를 끄덕였다.

"퀘스트 웨이브를 완료한 것도 맞소?"

"그렇지."

"설명해 줄 수 있겠소?"

"준비 시간을 기다릴 필요가 없었어. 희생 없이, 내가 처치할 수 있었으니까."

규범은 특수 훈련을 받은 자였음에도 어둠 경계 너머로 들어가 볼 생각조차 못 했다. 한데 눈앞의 청년은 퀘스트가 뜨자마자 기다렸다는 듯이 어둠 너머로 진입했으며, 퀘스트도 완료하고 돌아왔다.

그리고 그의 의복 전체에 묻어 있는 핏물들을 보건대 상당히 격한 전투가 있었던 것을 추정할 수 있었다.

누가 그렇게 대담할 수 있을까? 그걸 떠나서 청년은 어떻게 해야 준비 시간 이전에 퀘스트를 해결할 수 있는지를 알고 있었던 것이다.

규범은 아무리 생각해 봐도 한 조직 외에는 답이 나오지 않았다.

시작의 장을 예견한 조직이 있었다. 그 이름은 세계 각성자 협회.

"난 당신이 세계 각성자 협회의 일원이었다고 확신하고 있소. 틀렸소?"

"맞아. 하지만 잘 들어. 이규범 중위."

"잠깐. 지금은 소대장이라 통일하였소. 당신도 그렇게 불러 줬으면 하는데."

선후는 규범을 빤히 쳐다보았다.

*   *   *

과거와는 달라졌다.

당시의 첫 무대에서 1막 1장을 주도했던 자는 얼굴이 제법 알려진 여성 기업인이자 정치가로, 그녀의 거짓말과 속임수에 모두가 넘어갔었다.

사람들이 듣고 싶어 하는 말을 잘하는 여자였으며, 극적인 효과로 선동 또한 잘했다.

사회적으로 성공한 많은 인사들이 그렇듯 사람의 감정을 주무르는 데 대가였던 여자. 잘못된 일에 대해서 책임을 회피하는 실력도 걸출했던 여자.

과거에 선후는 살아남기 위해서라도 그녀의 눈 밖에 나지 않기 위해 항상 긴장을 유지해야 했었다. 몬스터보다도 그 여자가 더 두려운 존재였다.

그래서 선후는 그 여자와 또다시 첫 무대를 같이 치르게 된다면, 그 여자의 행태를 방관하지 않으려고 했었다.

하지만 바뀌었다.

첫 무대의 사람들은 과거에 겪었던 이들이 아니었고, 사람들을 규합하여 조직을 만든 사람도 그 여자가 아니라 이규범이라는 현역 군인이었다.

선후가 말했다.

"이 소대장. 난 당신이 그룹에 어떤 룰을 세우고 어떻게 운영할지는 관심이 없어. 잘 이끌어 가기만을 바라지. 당신이 내게 관심을 가지지 않는다면, 내가 먼저 당신의 룰을 침범하는 일은 없다는 말이야."

"……왜 선을 긋는 거요?"

당신이 먼저 그었잖아.

선후는 그런 눈초리로 규범의 어깨 너머, 바리케이드를 턱짓했다.

"무슨 말인지는 알겠소. 하지만 당신…… 계속 당신이라고 하는 것도 그렇군. 뭐라고 불러 주면 좋겠소? 나는 소대장이고 당신은?"

"계속 당신이라고 해. 소대장과 얽힐 일은 많이 없을 테니까."

"그건 그렇고, 당신이 저지른 일은 어떻게 책임질 거요?"

"내가 저지른 일?"

"이건 내 뜻이 아니오. 사람들의 통합된 의견으로 봐 주시오. 당신이 퀘스트를 완료해 준 건 고맙게 생각하고 있소. 하지만 너무 빨랐소. 당신도 인도관의 메시지를 봤을 거 아니오?"

"사람 한 명 낙오시켜 놓으라는 거 말인가?"

"낙오가 아니라 살인이오."

"익숙해져야 할 거야. 그것은 기분 내킬 때마다 그럴 거거든."

"……마을에 들어올 생각이오? 당신을 위해서라도 그러지 않았으면 하는데. 정리가 되기 전까지는."

"왜."

"다수의 의견은 당신이 책임을 져야 한다는 거니까 그렇소. 인도관은 준비 시간이 끝날 때까지 한 목숨을 제물로 바치길 원하고 있소. 당신이 저지른 일이니, 당신의 목숨으로 해결 봐야 한다는 거요. 다수의 의견이."

"내가 몇 사람의 목숨을 살려 줬는지는. 그래. 알 턱이 없겠지."

선후는 실망도 분노도 하지 않는 목소리였다. 낙담에 가까웠다.

선후가 마저 말했다.

"희생자를 어떻게 선별할지는 이 소대장, 당신이 알아서 해야겠지. 그리고 그때에는 다수의 의견이니 뭐니 책임을 회피하지 말아야 할 테고. 또 나로 결정짓는 우를 범하지도 말아야 할 거야."

그때 규범은 정령의 일그러진 얼굴을 바로 앞에서 목도한 것보다, 선후의 눈빛이 더 섬뜩하게 느껴졌다.

"조언 하나 해 주지. 웨이브를 계속 대비해."

"웨이브 퀘스트는 당신이 끝냈지 않소?"

당신이 너무 빨리 끝낸 덕분에 이러한 사달이 발생한 것이고.

규범은 그 말만큼은 삼켰다. 그가 선후와 대화를 하면 할수록 느끼는 건, 더 이상 선후를 자극해서는 안 된다는 것이었다.

더불어 앞으로도 꾸준한 협조를 구해야 하는 인사라는 것도.

규범은 선후를 바라보며 새삼 현실과 다른 세상에 속해 버린 걸 실감했다.

선후가 말했다.

"네 번째 웨이브까지는 내가 해결해 줄 수 있을 것 같군. 하지만 다섯 번째 웨이브부터는, 당신들도 싸워야만 할 거야."

Chapter 2.

　스무 명이 평균적으로 약 일주일 분의 식량과 물을 지참한 상태였다.

　하지만 98명이 이를 나눈다면 하루 반이었다. 하루 세 끼에서 한 끼로 줄이고 물도 아낀다 해도, 길어야 오 일을 버틸 수 있는 분량이었다.

　다섯 번째 이상의 웨이브가 존재한다는 걸 듣게 되었을 때.

　규범은 그 문제부터 떠올랐다.

　식량이 없을 때 어떤 일이 벌어질지는 규범이라고 모르지 않았다.

　그는 선후의 젖은 옷을 바라보며 물었다.

"저기에 물이 있소?"

규범의 시선은 어둠의 경계면으로 향했다. 식량이 떨어져도 물만 있다면 어떻게든 버틸 수 있다.

버티고 버텨서 1막 2장이 펼쳐지는 동시에, 식량을 확보하길 바라는 것이다.

"물이야 있지. 하지만 욕심이 과한 것 아닌가? 저긴 내가 클리어해 놓은 곳이다. 정확히 하자고, 이 소대장. 당신이 바리케이드를 치고 나를 막아선 이후부터, 저기는 내 소유가 된 거였어."

규범의 얼굴이 심각하게 굳었다.

그때 선후의 냉정하던 입꼬리가 자연스럽게 올라갔다.

선후는 웃었다.

"앞으로는 그런 소리를 듣게 될 거야. 내가 아니라, 이후의 새로운 막과 장들에서 조우하게 될 각성자들에게서. 물론 당신이 그때까지 살아남을 수만 있다면."

규범은 속으로 안도했다.

휘하에 97인의 각성자가 있지만 본능이 말해 주고 있었다.

최대한 이 청년과는 척을 지지 말아야 한다. 가능하면 사람들을 달래고 정리해서, 마을 안으로 들여야 하는 중요 인물이다.

"같이 가 줄 수 있소? 마을 사람들은 내가 잘 다독거려 놓겠소."

"따라와."

규범은 어둠을 통과하며 새로운 스킬을 습득했다.

'개안'이라고 하는 것인데, 어둠 속에서도 가시거리를 약 7미터 정도 확보해 주는 스킬이었다.

새로운 스킬을 익히며 살짝 들떴던 마음은 곧 어둠이 자아내는 공포 속에서 짓뭉개졌다. 한 번도 본 적 없던 기괴한 식물들이 발에 밟히거나, 그것들의 가시가 전투복을 할퀴어 댔다.

규범은 스스로도 겁이 없다고 자부하는 남자였다.

하지만 사방이 어둠으로만 가득 차 있는 공간과 뜬금없는 괴식물들이 뛰쳐나오는 상황에서는, 마치 악몽을 헤집고 다니는 기분이었다.

규범의 심장은 좀처럼 안정되지 않았다.

두두두.

작은 박동질이 가슴 벽을 계속 때려 댔다.

"지금부터 미끄러지지 않게 조심해."

처음에는 무슨 소리인가 했다. 곧 규범은 그것이 선후의 상냥한 설명이었음을 이해할 수 있었다. 그것들은 내장 덩어리였다. 혹은 아무렇게나 찢어발겨진 살점 덩어리였다.

가는 길마다 깔려 있었다.

확보되는 가시거리마다 그것들이 새롭게 눈에 차 들어오고 있었다.

규범은 참지 못하고 물었다.

"당신이 이렇게 만든 거요? 이걸 전부 다?"

대답은 들려오지 않았지만 처음부터 뻔한 물음이었다.

규범 본인은 많은 환경에 노출되었던 탓에 속을 게워 내지는 않았다.

그러나 생존 훈련을 한 번도 받지 못해 본 사람이라면, 여기에 들여보내기 전에 단단히 주의시켜 놓아야 할 것 같았다.

규범의 시선은 선후의 뒤통수로 고정되었다.

'얼마나 강한 거지?'

자신 같은 특수 훈련을 받은 사람의 느낌이 나기도 했고, 고등 교육을 받은 사람의 느낌이 나기도 하는, 분간할 수 없는 분위기의 소유자였다.

규범은 바로 세계 각성자 협회에 대해서 묻고 싶었지만 다른 화제로 이야기를 시작했다.

"웨이브 때 이것들이 다 몰려오게 되어 있는 거였소?"

생각만 해도 끔찍했다. 어떤 준비를 해 놨어도 소용이 없었을 것 같았다.

"그랬다면 1막 1장부터 다 전멸이었겠지. 이것들은 단지

이 지역에 서식하고 있는 것들이고, 소환 둥지가 따로 있다."

"소환 둥지?"

선후의 대답은 잠시 후에나 나왔다. 선후가 소환 둥지 앞에 도착해서 말했다.

"시스템은 악랄하지만 그래도 풀지 못할 퍼즐을 내놓진 않지. 내 생각엔 여기에서 소환된 채로 대기하고 있던 녀석들만, 웨이브의 공격 부대인 것 같더군. 지금까지 거쳐 온 시체들? 그것들은 단지 이 지역에 서식하고 있던 녀석들 같고."

"그럼 소환 둥지란…… 이것을 파괴해 두는 게 낫지 않겠소?"

"손끝 하나 대지 마."

순간 선후의 목소리에 날이 섰다.

상냥하게 설명해 왔던 것과는 완전히 달라진 태도였다.

"소대장. 당신에게 내가 알고 있는 정보를 풀어 주는 건 한 가지 이유밖에 없어. 곧 다른 경계면들이 차례대로 열린다. 그 지역을 탐사하고 말고는 내 알 바 아니지만…… 더 말해야 하나?"

"여기뿐만 아니라, 다른 곳에서도 이런 것을 발견하면 절대 건드리지 말라는 것 같소만?"

소환 둥지가 거대 괴수의 일부분이라는 사실을 아는 자는 선후가 유일했다.

선후는 거기까지 들려 줄 이유가 없다고 판단한 한편.

첫 무대를 점거한 세력이 군인 조직이고, 어느 정도 힘을 갖추면 새로운 지역들을 주도적으로 탐사할 가능성이 높다고 생각했다.

물론 식량과 물이 떨어지면 어떤 무대에서도 그런 일이 벌어지기 마련이었다.

그런데 혹 소환 둥지를 필요 이상으로 건드리는 참사가 벌어진다면?

"건드리는 즉시. 당신의 그룹은 전멸이야. 명심해."

"……."

"이왕이면 웨이브만 신경 써. 그것만으로도 위험하고 보상은 충분하니까 여기서 확보할 수 있는 것이라고 해 봐야 한 마리당 몇 포인트밖에 없으니까."

언제부터였을까.

규범은 대화의 주도권뿐만 아니라, 그 이상까지 선후에게 넘어갔음을 깨달았다.

그렇기 때문에라도 선후를 살피는 규범의 시선은 더욱 섬세해졌다.

'세계 각성자 협회의 조직원이라는 것 외에는 신분이 명확하지 않지만 당장은 위험 요소로 보이지 않는다. 협조적이기도 하고. 하지만 이자가 돌변하면 말은 달라지지. 여기는…… 무법 지대야. 내가 지켜야 할 사람이 근 백 명이나 된다. 이자와는 원만한 관계를 유지하되 경계를 늦추지 말 아야겠어.'

선후를 마을 안으로 들여야겠다는 생각은 그 순간에 증 발되었다.

규범은 정중하게 말했다.

"잘 알겠습니다. 계속 가시죠."

*　　　*　　　*

선후가 계산했을 때.

소환 둥지가 단지 통로가 아니라, 거대 괴수의 진짜 몸체 로 지하에서 몸을 일으킨다면.

그리고 그것이 시스템의 보호 체계를 넘어서 웨이브의 보스 몬스터로 등장한다면.

처치할 수는 있겠지만 사람들의 안전을 도모하면서까지 싸울 수 있는 여유는 없었다.

따지고 보면 웅덩이를 제공할 것 없이 사람들의 접근을 차단하면 되는 일이었지만, 1막 1장의 공략법이 바로 웅덩 이에 있었다.

공포를 이기고 어둠에 진입.

동시에 웅덩이까지 탐사를 마칠 수 있는 전력을 갖춰야
만 사람들은 끝까지 생존할 수 있는 거였다.

그것은 웨이브를 방어하는 것과는 별개의 문제였다.

선후는 웅덩이를 제공하고 위험 요소를 알려 준 것으로
마을 일에서는 관심을 완전히 꺼 버렸다.

때문에 규범이 선후에게 조심스럽게 여러 가지를 물었지
만 들을 수 있는 대답은 하나도 없었다.

둘은 어느 순간부터 말없이 걷기만 했다. 규범이 할 수
있는 건 선후의 뒤를 따르면서, 이정표로 삼을 수 있게끔
가지를 쳐 나가는 게 전부였다.

어둠의 경계면에서 나왔을 때였다.

바리케이드 쪽으로 적지 않은 사람들이 나와 규범을 기
다리고 있었다. 갑자기 한 남자가 바리케이드를 훌쩍 뛰어
넘어 냅다 달려왔다.

성일이었다.

"니미, 난 찬성 못 혀!"

성일아 규범에게 다짜고짜 소리를 높였다.

"무슨 일입니까?"

성일은 선후를 바라보며 대답했다.

"몇 번이나 말했지 않소. 내 말은 귓구녕으로 쳐 들은 거
요? 각성 보상에 대해 알려 준 게 이짝이란 말이여!"

"……."

"니미럴 퀘스트를 끝내 준 것도 이쪽인디, 사람 없다고 마음대로 죽이니 살리니 그러는 거! 참말로 양심도 없는 거여! 몬스터한테 진짜로 뒈져 봐야 알랑가 모르겠네."

성일은 선후에게도 말했다.

"그 짝 목숨을 내놓으라고 아주 지랄 염병들 떨고 있구만!"

"권성일 씨. 그리고…… 그럴 일은 없을 겁니다."

규범이 선후와 성일 둘 모두에게 말했다. 특히 선후를 향해서는 미소를 띤 건 아니었지만, 거짓이 담기지 않은 눈빛으로 하소연하듯이 했다.

이 사달의 원인은 제한 시간까지 한 명의 목숨을 희생시키지 않으면, 임의로 한 명을 낙오시키겠다는 작은 악마의 경고가 있어서였다.

선후는 피식 웃어 버렸다. 그러고는 규범에게 아무 감정 변화 없이 말을 내뱉었다.

"결정은 언제나 어렵지. 하지만 이 소대장. 그걸 해 왔던 게 당신의 이전 직업이기도 하였으니, 다른 사람보다 어렵진 않을 거야."

"……미안하게 되었습니다. 사태를 진정시키기 전까지 바리케이드 안으로 접근하지 마십시오."

*　　*　　*

"열불이 좀 뻗쳐야 말이지. 내 볼 때는 그 개…… 큼큼. 인도관이 장난치고 있는 거여. 그짝 곤란하게 맹글려고, 안 그려?"

"마을로 안 돌아갈 거요?"

"귀신보다 무서운 게 사람이라고. 저기에 있다간 무슨 봉변을 당할지도 모르겠어. 다들 지 대가리 소중한 것만 알지. 눈깔 돌아서는. 씨벌."

성일은 씩씩거렸다.

선후와 규범이 어둠 지역에 있던 동안에도 회의는 계속 됐었다.

한 명의 제물을 어떤 기준으로 선별할 것인지에 대한 것 이었다.

공통적으로 선후가 지목됐지만, 선후를 어떻게 도모할 것인지를 두고 말들이 많았다가 새로운 기준 이야기가 나 왔었다.

가장 나이가 많은 자.

물자를 하나도 내놓지 않은, 그러니까 가진 것 없이 맨몸 으로 진입했으면서 두 개의 보상에서도 모두 스킬을 얻은 자.

혹은 제비뽑기로 하자느니, 비밀 투표에 부쳐 보자느니.

성일의 표현에 따르자면 규범이 없던 그 회의는 아무 말 대잔치, 지랄 난장판이었다.

그러다 결국에는 처음의 결정으로 돌아갔다고 했다. 단독 행동으로 이 사달을 만들어 낸 장본인이 책임을 져야 한다는 것이었다.

"그래도 소대장이 사람이 됐네. 글치? 막아 주고 있잖어."

성일은 선후의 눈치를 살폈다. 하지만 성일의 예상보다 선후는 분개하지 않았다.

선후를 처음 봤을 때, 그 기분 나쁜 표정이 전부로 한 번씩 피식거리는 게 다였다.

"준비는 해 둬야 할 거여. 소대장도 마음 바꿔 먹으면, 그짝 목숨이 위험혀. 소대장도 사람이잖어. 봐 봐. 그것들이 달려들면 저 안으로 도망쳐야…… 겠지?"

"그럴 일은 없을 거요. 당신이야말로 이해가 안 되는 사람입니다. 공동 표적에게 합류하면, 당신도 표적이 된다는 거 모릅니까?"

"그러니까 전 여편네도 이 성질을 못 이겨서 도망쳤지. 흐흐. 사람이 성질 다 죽여 가면서 살 수는 없는 거여. 할 말은 하고 살아야지. 내 지론은 그려. 나는 권성일. 알고 있지?"

"스킬이나 들어 봅시다. 특성은 아직 뜨지 않았겠고."

"특성이 뭔지는 모르겠고 스킬도 없어. 아이템하고 인장이 떴었는디 군인들이 다 가져갔으니께. 그래도 저쪽 사람들 통틀어 근력 수치는 내가 제일 높던디? 근력 수치가 힘이잖어. 남자는 힘 아녀?"

"크큭. 나는 나선후요."

"아따, 그짝 이름 참 비싸구만."

선후의 기분 나빴던 표정이 한결 풀어지고 있었다. 선후가 장난스럽게 대답했다.

"권성일 씨의 생각보다 비싼 이름 맞습니다. 다시 묻겠는데 정말 날 따라다닐 거요? 목숨이 매 순간 위험해질 텐데도?"

"말이 좀 거시기하긴 한데. 그려, 따라댕길 거여. 저짝에 있는 것보단 그짝이 훨씬 믿음직스럽구만. 아까는 혼자 튀어서 미안혔어"

"그럼 나도 그 표현 좀 빌립시다."

"응?"

"거시기하긴 한데, 앞으로는 날 오딘이라 부르십시오."

"오…… 딘?"

"내 실명은 지금 듣고 잊어버리는 겁니다."

*　　*　　*

성일은 몹시 피곤했다.

하지만 도통 잠을 이룰 수가 없었다. 이불도 없이 노숙해
야 하기 때문이 아니었다. 작은 악마가 띄워 놓은 제한 시
간 때문도 아니었다.

눈을 감을 때마다 아들 녀석의 얼굴이 아른거리는 게 가
장 컸다.

전 여편네야 이혼 당시 자신의 호언장담과는 달리, 동네
마트에 취직하면서 거기에 있던 노땅과 연애도 하고 용돈
도 받으면서 잘 지내고 있었다.

그러나 아들 녀석은 아니었다.

사춘기였고, 자신은 이혼 뒤에 해방감을 느끼기보다는
아들 녀석에게 그간 신경 써 주지 못한 것이 계속 마음에
걸려 왔다.

그러던 통에 난리가 난 거였다.

"거시기 말이여."

"그렇게 말하면 어떻게 알아."

또 말이 짧았다. 본인을 오딘이라고 부르라고 한 뒤부터
줄곧 그래 왔다.

익숙해질 것 같지 않았던 어린 아그의 반말도, 몇 번 들

다 보니 썩 거슬리지 않았다.

하기야 앞으로 생사고락을 함께할 사이인데 나이가 무슨 상관일까.

그러고 보면 어설프게 이것도 저것도 아닌 사이로 있는 것보단 이편이 나은 것 같았다.

그래, 친구 먹는 거다.

"바깥 시간이 멈춰 있다는 거 말이여. 그짝들이 그렇게 말했잖어. 텔레비에서도 봤구만."

"봤으면 준비를 했어야지."

"했어도 군인들한테 다 뺏겼을 텐디?"

"그거야 결과론적인 이야기고."

"가만 보면 그짝은 가방끈이 참 긴 것 같어. 세계 각성자 협회인지 머시기인지 말고, 사회에서는 뭘 했어? 직업이 있을 것 아니여."

"펀드 매니저."

"내 오딘을 딱 보고 그럴 줄 알았당게. 그런데 무슨 얘기 하다 여기까지 왔지?"

"시간이 멈춰 있다는 것까지. 가족이 신경 쓰이지?"

"왜 안 그러겠어. 머리에 피도 안 마른 아새끼들까지 데려다 놓았잖어. 다른 곳에 기철이가 있을지도 모르는 거 아녀. 권기철. 내 아들이여."

선후는 고개를 끄덕였다.

시작의 장에서 사회적으로 성공한 인사들, 즉 정장을 입은 독사들의 생존률은 꽤나 높았다.

그들에게도 아내가 있고 자식이 있긴 하다.

하지만 그들은 가족이 아닌 본인 위주의 삶을 살아온 자들이었고, 그들의 대단한 생존 욕구는 오로지 자신에게서 비롯된 것이었다.

그렇지만 보통의 아버지와 어머니들은 성일과 같았다. 남겨진 가족에게서 힘을 얻었다.

'그리고 정장 입은 독사들에게 이용당하기 일쑤였지.'

부하 직원을 협박하고 자기에게 이득이 되는 상관에게는 아첨하는 것에 능한 자들이 권력을 쥐었을 때, 그들은 군부 독재의 것보다 더한 짓들을 양심의 가책도 없이 잘도 저질러 댔었다.

그래서 선후는 군부에 억한 심정이 남아 있을지언정.

이규범 중위가 첫 무대의 권력을 잡은 걸 나쁘게 생각하지 않았다.

어차피 극한의 상황에선 사람들이 뭉쳐 그룹을 만들기 마련이었고, 누군가는 권력을 쥐기 마련이니까.

선후는 상념에서 빠져나오며 성일을 제대로 쳐다보았다.

자식 걱정이 가득한 여느 아버지의 얼굴이 보였다.

"각성자로 선택되는 가능성은 매우 낮다."

"알어. 아는디. 그렇게 될 수도 있는 거잖어. 나라고 이렇게 될 줄 알았나. 시스템은 대체 무슨 기준으로 선별한 거여. 이 소대장 같은 치들이나 싸그리 데려다 놓지."

"더 궁금한 점은?"

"그러니까 이 지랄을 다 통과하고 나면 집으로 돌아갈 수 있다는 거여?"

"그래."

"……부럽구만. 이렇게 될 줄 알았으믄 나도 진작 각성됐으면 오죽 좋아."

"늦지 않았어. 조금도."

나지막한 그 목소리에 성일은 어쩐지 불안함이 엄습했다.

선후가 마저 말했다.

"매 순간 목숨을 걸기에 말이지."

"매도 먼저 맞는 게 낫다고. 씨벌. 잠도 안 오는디 가자고!"

성일이 경계면 너머의 어둠을 응시하며 침을 삼켰다.

"아직은 아니야. 그러니까 시간 났을 때 어떻게든 자 둬."

"근디 자도 괜찮을까? 제한 시간 안에 마무리되지 않으면 우리도 머리 터질 수 있는 거 아녀?"

　　　　　*　　　　*　　　　*

　선후는 알림 창을 주시하고 있었다. 이제 제한 시간까지
는 1시간 남짓 남았다.

　30분까지는 기다려 볼 생각이었다. 그러고도 소대장이
상황을 정리하지 못한다면, 선후는 직접 끝내 놓을 생각이
었다.

　당연히 집행 대상자는 그룹의 리더인 소대장이다. 그래
도 그룹은 처음에만 혼선을 빚을 뿐 곧 문제없이 돌아갈 것
이다.

　언제나 그래 왔듯이.

　[퀘스트 '제목 없음' 이 완료 되었습니다.]

　'정리됐군.'

　퀘스트 이름부터가 성의 없는 데다 보상 또한 없는, 문자
그대로 장난질에 불과한 퀘스트였다.

　사실 선후는 조금 뜻밖이었다.

　두 가지 이유에서였다.

　하나는 어쨌거나 이 퀘스트를 완료했다는 점이었다. 한
명의 희생자를 선출해서 이를 집행한다는 것은 어지간히

마음을 독하게 먹지 않고서는 못 할 노릇이다.

정장을 입은 독사들은 개의치 않고 감행하겠지만, 선후가 판단했던 소대장은 그런 사이코패스가 아니었다. 지금 당장은……

다른 하나는 희생자를 선별하고 집행할 때까지 한 번도 자신을 찾아오지 않은 점에 있었다.

제비뽑기로 선별했다면 제비뽑기에서 자신과 성일을 제외한 것을 들며 이런저런 요구를 해 왔을 일 아닌가.

잠시 후.

바리케이드 너머에서 규범이 젊은 군인 한 명을 대동한 채 나타났다.

얼굴에는 고통스러운 감정이 끈적끈적하게 달라붙어 있었고, 입은 평소보다 악물려 있었다.

선후는 희생자를 선출한 방법이나 집행 과정이 궁금하지 않았다.

이미 규범의 전투복에서 몇 방울의 핏물이 튀어 있는 걸 발견했다. 선출 방법이 무엇이든 집행은 규범이 직접 한 거였다.

"하나 협조를 구할 게 있소."

"뭐지?"

규범은 대동해 온 젊은 예비군에게 눈짓했다.

해병대 붉은 명찰에 써진 이름은 한대주였고, 그의 명찰에도 핏물이 튀어 있었다.

한대주.

전역하자마자 사달이 일어났고 예비군 동원령이 떨어졌었다.

대주는 그때 소집에 응한 것을 천만다행으로 여겼다. 만일 소집에 응하지 않고 탈영병 신분으로 낙인찍혔다면, 직전에 집행당한 건 자신이 될 수도 있었던 것이다.

살려 달라고 울고 짜는 그 녀석의 얼굴이 계속 생각났다.

아직도 그 녀석의 체온이 손아귀에 남아 있는 것 같았다.

자신을 비롯한 3인이 녀석을 건물 뒤쪽으로 끌고 갔고, 그것의 목에 단검을 찔러 넣은 건 소대장이었다.

대주는 무서운 소대장을 힐끔 쳐다보며 당부를 상기했다.

"대주야. 또래라고 함부로 말하지 말고 높임말을
써. 알겠지?"

바로 직전에 사람의 목에 칼을 찔러 넣은 사람의 목소리라기엔 꽤 침착하고 상냥했었다. 그래서 더 무서운 목소리였다.

대주는 소대장에게서 선후에게로 시선을 옮겼다.

"그건…… 제가 설명드리겠습니다."

"뭐지?"

선후가 대답했다.

"웨이브 말입니다. 이게 디펜스 게임과 비슷하다면 처음에는 쉬운 난이도가 아닙니까?"

"게임?"

"예. 디펜스 게임."

"차라리 'F1'을 누르지그래."

"예에?"

선후는 규범에게 데려온 예비군을 치우라고 말했다. 대주가 왔던 길을 되돌아가며 멀어지자, 규범이 먼저 말했다.

"다섯 번째 웨이브가 아니라, 다음 웨이브부터 우리 군에게 맡겨 줬으면 하는 겁니다. 우리 군에도 실전이 필요합니다. 그리고 꼭 그 이유만이 아닙니다."

선후는 진득하게 설명해 주려다가 그만두었다.

"피차 개입하지 않으면 서로 얼굴 붉힐 일 없어. 소대장."

"정중하게 협조를 요청하고 있는 겁니다."

"이런 건 협조 요청이 아니라 통보라고 부르는 거다. 소대장. 다시 말해 주지. 우리는 서로에게 개입하지 않는다. 나는 당신의 그룹에, 당신은 내 그룹에. 서로에게 관심 끄고 다음 장까지 가자고."

　　　　　*　　　　*　　　　*

　　[첫 번째 웨이브 만큼은 아니지만 이번에도 준비 시
간을 넉넉하게 드렸답니다. 전에 보여 주었던 모습을
기대하고 있을게요. 아 참, 북쪽의 건물에 있는 분들은
안전한 곳으로 대피해 주세요.]

　　[2차 웨이브까지: 19시간 59분 59초.]

북쪽의 건물들이 소리 없이 증발했다.
　　그 자리로 기존에 없던 도로가 확장되며 새로운 경계면
이 나타났다.
　　선후가 성일을 데리고 바리케이드를 넘어 마을로 들어온
것도 바로 그때였다.
　　둘을 바라보는 사람들의 시선이 적나라했다. 적대시하는
마음이 노골적으로 드러나 있다. 몇몇 예비군이 둘에게 접
근하려 들자, 규범이 그들을 저지하며 선후에게 뛰어왔다.
　　"말이 다르지 않습니까. 예고도 없이 불쑥 들어와서는
안 되는 겁니다."
　　선후는 걸음을 그치지 않으며 말했다.
　　"남쪽은 당신들에게 양보해 주지. 그 대가는 이번 웨이

브가 끝나고 다시 이야기하도록 하고. 일단은 바랐던 실전 준비나 잘해 두는 게 좋을 거야."

"……."

"걱정할 것도 없어. 북쪽 하나 정리해 놓는다고 해서 웨이브가 중단되는 일은 없으니까."

곧 선후와 성일은 북쪽의 경계면 속으로 사라졌다.

규범은 골치가 아픈 얼굴로 그쪽을 노려보다가 고개를 돌렸다.

군인들을 모았다.

건물을 더 부숴서 남쪽의 바리케이드를 확실하게 만들어 놔야 했고.

인장과 아이템 등의 전투 물자들을 배분해 놓은 것에 이상이 없는지 검토해야 했으며.

비전투원들에게도 전투 발생 시의 명확한 지침이 필요했다.

바쁘게 상황을 통제하고 있던 규범은 문득 따가운 시선이 느껴졌다.

전투원이고 비전투원이고 상관없이 그를 원망스럽게 쳐다보다가 시선이 마주치면 황급히 고개를 돌리기 일쑤였다.

예비군들 사이에서 돌았던 이야기가 어느새 모든 사람들에게 퍼져 있었다.

괴물과 싸우지 않아도 될 일을 소대장이 긁어 부스럼을 만들어 놓았다고 말이다. 실제로 규범의 귀에 그런 이야기가 직접적으로 들어오기도 했다.

하지만 규범은 단호했다. 사람들을 원망하지도 않았다.

처음부터 사람들이 환호할 일이라고는 단 한 번도 생각한 적이 없었다.

민간인으로서 그리고 전역한 예비군들의 마음가짐으로는 그것이 당연하니까. 지금부터라도 다시 만들어 나가는 거다.

시간이 빠르게 줄어들었다.

[2차 웨이브까지: 0시간 5분 00초.]

정확히 오 분이 남은 시각.

바리케이드 뒤쪽.

전투원들이 대열을 끝낸 곳에서였다.

원거리 스킬들이 있지만 재사용 시간이 길어서, 사실상 백병전을 벌이게 될 것이다.

규범은 제일 선두로 걸어 나왔다.

치유 스킬을 보유하고 있었지만, 현장의 지휘관으로서 충실하게 전투에 개입하는 게 훨씬 효과적일 거라는 판단하에서였다. 전투 쪽으로는 누구보다 준비가 되어 있는 자신이 아닌가.

육신도 정신도.

모두의 시선은 시간이 빠르게 줄어드는 알림 창으로 향했다.

이윽고 준비 시간이 전부 소진되었다.

"너희들은 할 수 있다!"

[2차 웨이브가 시작 됩니다.]

'온다!'

어둠 속에서 몬스터들이 나타나기 시작했다.

그런데 공처럼 살이 찐 모습으로 털을 날리며 달려오는 그것들은, 영상 매체에서 봤던 그 끔찍한 모습과는 판이한 것이었다. 속도도 그렇게 빠르지도 않았다.

토실토실. 뒤뚱뒤뚱.

애완동물로 삼아도 이상할 게 없는 귀여운 모습이었다.

규범은 아차 싶었다.

심혈을 기울여 고조시켜 놓았던 분위기가 흐트러지고 있는 것이다.

규범이 소리쳤다.

"이 새끼들아! 긴장 풀지 마!"

하지만…….

규범은 이 불길한 느낌을 잘 알고 있었다.

*   *   *

선후와 성일이 경계면에서 걸어 나왔다. 전투가 막 끝나 있었다.

수습하지 못한 시신이 크시포스 시체들과 아무렇게나 뒤섞여 있었고, 죽은 사람들의 시신은 처참했다.

얼굴이고 몸이고 죄다 뜯겨서 온전한 시신을 찾기가 힘들 지경이었다.

성일은 정신이 번쩍 들었다. 자신만 지옥을 겪고 나온 게 아니었다!

부상자들이 자아내는 신음 소리와 피비린내가 작은 마을 하나를 통째로 지옥 구덩이 속에 처박아 놓았던 것이다.

생존자들은 선후와 성일을 향해 넋이 나간 눈만 끔벅거려 보였다.

그 광경을 본 성일의 두 눈에 눈물이 핑 돌았다.

동시에 다리도 휘청거렸다. 그가 보상으로 띄운 둔기로 몸을 지탱하며 선후를 쳐다보았다.

솔직히 말하자면 성일은 어둠 속에서 선후를 제대로 보지 못했다.

대부분 선후는 성일의 가시거리 밖에 있었다.

하지만 성일은 사방에서 쉴 새 없이 들려왔던 몬스터들의 비명 소리만으로도 선후가 얼마나 강한지 알 수 있었다.

그렇기 때문에 드는 생각이다. 소대장이 마지막 순간에 오딘을 붙잡았다면?

그랬다면 이 생지옥이 펼쳐질 일은 없었다.

"도와줘야겠어."

선후는 거기까지 말리지는 않았다. 선후 또한 제대로 몸을 눕히지 못한 부상자와 시신을 수습하는 데 한 손 걷어붙였다.

그래도 전사자는 당장의 처참했던 첫인상보다 적었다.

"흐미. 그나마 다행이구만."

비전투원으로 배정됐던 사람들은 급조한 대피 시설 안에서 멀쩡했다.

그들도 성일이 부상자들을 돕고, 선후가 시신을 수습하기 시작하자 건물 밖으로 나오며 각자 할 일을 찾아 나섰다.

선후가 수습한 시신은 총 열세 구였다.

죽은 시신 모두가 전투복을 입고 있었다. 목숨을 아끼지 않고 최선을 다해 싸웠던 자들이 정말로 목숨을 잃었다.

선후는 생존자들의 시선이 자신에게 쏠리던 시점에서 성일에게 다가갔다.

"이만하면 할 만큼 했다. 지금 가야 돼."

경계면이 새로 하나 더 열렸다.

그 지역을 정리하고, 나머지 두 곳에 소환된 채로 다음 웨이브를 기다리고 있는 몬스터를 정리하려면 지금 떠나야 했다.

성일은 선후의 시선을 쫓아 새로운 경계면을 바라보다가, 문득 든 생각이 있었다.

시신이 수습되어 있는 쪽으로 뛰어갔다.

"이렇게 가 버릴 거 뭐 그리 빡시게 사셨소. 당신 가족들이 참 불쌍허요."

성일은 코를 훌쩍이며 등을 돌렸다.

그의 등 뒤에는 얼굴은 알아볼 수 없을 만큼 훼손되어 있어도, 중위 계급장만큼은 원래 모습 그대로 전투복에 부착되어 있는 시신이 가지런히 눕혀져 있었다.

*   *   *

네 번째 웨이브까지 사전에 차단한 이후.

선후뿐만 아니라 성일에게도 보상이 쉴 틈 없이 쏟아졌다.

박스가 내뿜는 현란한 빛에도 성일은 제정신이 아니었다. 선후가 성일 쪽으로 흘려보냈던 몬스터 수가 일전보다 훨씬 많았기 때문이었다.

성일은 끊임없이 싸워야만 했다. 그리고 이제 막 성일의 손아귀에서 새로 생성된 아이템이 힘없이 떨어져 나오고 있었다.

성일의 신음이 멎은 때는, 선후가 그에게 마약성 진통제 한 알을 먹였을 때였다.

선후는 성일이 보상으로 띄운 아이템 또한 챙기며 그를 등에 업었다.

성일의 표정은 마을이 보이며 확 트이는 시야를 확보한 후부터 안정을 찾아갔다.

'이제 보스만 기다리면 되겠군.'

1막 1장의 히든 보상인 인벤토리 시스템을 이용하기 위해선 시공의 파편 다섯 개가 필요하다.

네 번째 웨이브 전까지 경계면 너머에서 획득할 수 있으며, 나머지 하나는 최종 웨이브의 보스 몬스터에서 나온다고 알려져 있었다.

[가히 놀라운 속도예요. 전 무대를 통틀어서 상위권인 걸 아시나요? 저 인도관이 여러분을 너무 과소평가

했던 모양이에요. 다음에는 여러분의 기대에 부응하도
록 노력해야겠어요. 일단은 쉬고들 있어요. (๑ˇεˇ๑)]

성일은 긴장된 눈으로 다음을 기다렸다. 그런데 다행히
도 다음 메시지는 없었다.

희생자 한 명을 선별하라는 개 같은 일은 일어나지 않았다.

'아주 지 꼴리는 대로 하는구만.'

어디선가 듣고 있을까 봐, 차마 입 밖으로 내뱉지는 못했
다.

"다음 웨이브 퀘스트가 뜨면 또 바로 들어갈 거지?"

선후는 고개를 끄덕였다.

최종 웨이브의 보스 몬스터를 기다리는 동안 해야 할 일
은 분명했다. 그동안의 웨이브들을 독식해서 능력치를 올
려 둬야 한다.

성공적으로 세계의 경제 시스템을 유지시켜 놨으니 다음
은 칠마제였다.

단언컨대 칠마제는 각성자들의 규합이 아닌, 압도적인
능력을 갖춘 소수의 정예들로 상대해야 하는 단일 개체였
다.

각성자들의 규합은 칠마제가 대동해 온 군단을 상대할
때 필요한 것이다.

선후는 성일의 부상 정도를 확인하며 말했다.

"다음 웨이브부턴 마을에 남아 있어. 선봉에 서고 말고는 알아서 하고."

"서기 싫은디. 그짝도 봤잖어."

성일은 소대장의 처참했던 시신을 떠올렸다.

*　　*　　*

"힘을 보태 주겠다는 게 맞긴 한디. 기록물 찾아보면 될 거 아니여. 없어?"

"없어졌기도 하고, 상황이 많이 달라져서요."

"권성일. 사 학년 일 반. 더?"

"스킬과 능력치 그리고 보유 아이템에 대해서도 알려 주세요."

철영은 조심스러운 자세였다.

먼발치에서 세계 각성자 협회의 일원으로 추정되는 남자가 바라보고 있는 데다가, 모르긴 몰라도 눈앞의 전라도 남자 또한 그 사람을 따라다니며 눈에 띄게 달라진 것 같았다.

차림새부터가 그랬다.

기하학적 도형이 새겨져 있는 가죽조끼를 피로 젖은 티

셔츠 위에 겹쳐 입고 있었고, 팔 근육이 도드라진 맨살 위에는 원형의 철제 장식을 두르고 있었다.

무엇보다 손에 쥐어진 둔기는 끝이 뭉뚝한 것이, 뭔가를 박살 내기에 안성맞춤으로 보였다.

철영은 전라도 남자가 그 둔기를 휘두르는 모습이 연상됐다. 무시무시한 모습이었다.

상황을 통제하던 소대장이 죽으면서, 철영은 언제 갑자기 무법 지대로 변하게 될지 모르는 지금 상황에 경계를 늦출 수 없었다.

무법 지대에서는 주먹이 법 아니던가.

저 둔기 같은.

"나부터 묻자. 그짝 이름이 유철영인 건 알겠고, 나이는 어려 뵈는디?"

"예. 서른넷이에요."

"난 또 열 살은 차이 나는 줄 알았는디 아주 동안이구만? 거시기는 어떻게 된 거여?"

"예?"

"이거, 이거."

성일이 엄지손가락을 치켜들었다.

성일이 선후와 함께 네 번째 웨이브까지 차단하며 돌아다니는 동안, 마을의 권력 구조에는 변화가 있었다.

"제가 의사라서요."

"사짜였어? 그런디 의사는 필요 없잖어. 그짝 무시하는 게 아니고 우리가 지금 그려."

철영은 빙그레 웃으며 대답했다.

"예. 숟가락 빨게 생겼죠. 그래도 고통을 덜어 드린 것이나 긴급 치료가 효과를 봐서, 많은 분들이 좋게 봐 주신 것 같습니다."

"사람들이 다 넘어가던가? 그짝이 의사라믄 내 잘은 몰라도, 소위로 임관했을 거 아녀. 그거 개구리잖어. 개구리."

"군대를 빨리 다녀오고 재수했었어요."

성일은 멋쩍은 표정으로 고개를 끄덕이다가 다시 물었다.

"그짝 전투복은 아주 멀쩡허네? 전투모도 A급 고대로고?"

"소대장님께서 비전투원으로 편성해 주셔서요. 저도 싸우고 싶었는데…… 전사하신 분들께 죄송스러울 따름입니다."

"맞어. 참말로 개죽음이었지."

성일은 다시 가슴이 아파 왔다.

첫인상도 그랬지만 그 후에도 줄곧 좋은 인상은 아니었다.

그러나 상황을 빠르게 통제하여 사람들을 안정시킨 것도, 그의 최후도 참 군인의 표상이었다.

그렇게 빠르게 가 버릴 줄 누가 알았나.

"내 아이템은 보다시피 이런 것들이고 스킬과 능력치는……."

성일은 상태 창을 띄운 뒤 설명을 마쳤다.

"와, 대단하시네요?"

근력이 벌써 E 등급을 돌파한 데다가 보유 스킬도 세 개를 넘었다.

"아니여. 나는 그냥 오딘을 따라댕긴 거밖에 없어."

오딘.

그 이름을 듣는 순간, 철영은 북유럽 신화의 주신이 먼저 떠올랐다.

그러나 카르얀 그룹, 독일에 모체를 둔 그 글로벌 그룹의 총수인 조슈아 폰 카르얀이 세계 각성자 협회의 리더 격 인사인 것을 따져 보면 세계 각성자 협회는 외국계 조직일 가능성이 높았다.

그래서 철영은 그 조직의 일원일 남자를 가리키는 오딘이라는 명칭을, 외국계 조직에 몸담은 만큼 그저 영문식 이름일 거라고만 생각했다.

"오딘의 생각에는 아직도 변함이 없으신가요?"

철영이 물었다.

"오딘이 보살이게? 그짝들 좋게 보겠냐고. 나였으믄 죽

이니 살리니 난리 부르스 출 때, 싸그리 다 갈아엎어 버렸
어. 오딘은 그렇게 할 수 있었어. 철영이라고 했지? 형이
말 편히 해도 되지?"

"예. 형."

"사람이 말이여. 많이 배웠다고 힘 좀 있다고 지혜로운
게 아니여. 꾀가 있고 눈치가 있어야지. 목숨 줄이 어디에
서 내려왔는지 몰러?"

"맞습니다. 그날만 생각하면 부끄럽고, 시간을 돌릴 수
있다면…… 그 생각만 하고 있어요. 그렇게 되지 않아도 될
분들이 돌아가셨어요."

"오딘이 대빵이 되면 마을 사람들에게 좋기야 하겠지.
그러게 왜 오딘을 죽이자고 그런 거여. 내 그리하지 말라고
몇 번이나 말했어? 기억날 거여. 반대는 나만 했으니께."

"기억하고 있어요. 오딘께 그날 일을 말씀드려 봐도 될
까요?"

"그런다고 마음 바뀔 것이었으믄 진즉 바뀌었게?"

"용서를 구해야죠."

"그런 소리 하덜들 말어. 오딘이 말했구만. 말할 것이 있
다믄 나한테 허고. 아주 급한 일이 아니면 애초부터 허지
말라고. 알겄지?"

"……"

"알긋냐고."

"그럼 언제 오딘과 직접 대화를 나눌 수 있을까요."

"답답하구만. 또 말해 주?"

"아니에요."

성일은 잠깐 말이 없어졌다. 깊게 고민하다가 씨벌, 하는 욕과 함께 말을 내뱉었다.

"선봉에 내 이름 적어 둬. 철영아. 대신 연구 잘혀서 잘 짜야⋯⋯."

그때였다.

성일이 철영의 시선을 읽으며 뒤를 돌아보았다. 경계면 쪽에서 꿈쩍도 하지 않고 있던 선후가 둘을 향해 걸어오고 있었다.

"기다려 봐."

성일은 절뚝거리는 걸음으로 선후에게 다가갔다.

*   *   *

"유철영이라고 싸가지가 있는 녀석 같어. 어려 보이지만 서른넷이나 먹었다네."

"나하고 같군."

성일의 놀란 두 눈이 부릅떠졌다.

"몇 년 생인디?"

"85년생."

"네가?"

"거짓부렁이 말고, 그람 무슨 띠여?"

"소띠."

"똘기, 떵이, 호치, 새촘, 자축인묘. 드라고, 요롱이, 마초, 미미, 진사오미, 몽치, 끼끼……."

"큭. 하지 마."

"기다려 봐. 다시 해야 하잖어. 똘기, 떵이, 호치, 새촘, 자축인묘. 드라고."

"하지 말라고. 크크큭."

"진짜 85년생 소띠여? 어딜 봐서. 아유, 일단은 그렇다 치고. 마음이 바뀐 거여? 마을 사람들 용서해 주기로 했어? 보살도 그렇게는 못 혀."

"화나서 마을에 개입하지 않았다고 생각했던 거냐?"

"그럼 아니었어?"

"애초부터 아니었어. 필요 이상으로 개입할 생각은 앞으로도 없다. 내 방식이 싫다면 언제 떠나도 마음 쓰지 않을게. 하지만 내 그룹 안에 있으려면, 내 방식대로 조용히 따라와 주길 바란다. 사적인 문제와는 별개의 문제라서, 미리 알려 주는 거야."

"미리 알려 줘서 고맙긴 한다…… 좀 섭섭해질라고 그러네."

"세상사 다 그런 거다. 우리가 만난 지 며칠이나 됐다고?"

선후는 피식 웃으며 성일의 옆을 스쳐 지나갔다.

마을에서 신경을 완전히 껐었던 게 사실이다.

그랬던 것도 마을의 권력 구도가 바뀌면서, 최소한의 개입이 필요해졌다.

가장 멘탈이 강했던 자들이 두 번째 웨이브에서 전부 낙오했다.

선후가 겪었던 본 시대의 첫 무대는 그렇게 돌아가지 않았었다.

그 여자는 권력을 쥔 자의 옆에 달라붙어서, 아름다운 미소로 강한 전력들을 소중하게 여겨야 한다고 꾸준히 세뇌했었다.

첫 번째 웨이브부터 모든 전력을 쏟아붓기에는, 향후 장기적인 시각으로 봤을 때 합리적이지 않다는 게 그녀의 설명이었고.

또 사람들의 의견을 그렇게 일치시키는 데 성공하기도 했다.

생존 물자와 아이템 그리고 시작의 장에서 벗어난 뒤의 물질적인 보상을 약속함으로써 말이다.

선후가 봤을 때 마을은 이대로 가면 전멸이었다.

생존자라고는 자신과, 자신의 그룹원으로 받아 준 성일 밖에 없을 것이다.

"안녕하세요."

선후는 그렇게 인사하는 철영을 빤히 쳐다보았다.

"인사는 됐다."

그나마 조금이라도 개입하기로 한 까닭은 이번에는 정령이 준비 시간을 넉넉히 줬기 때문이었다.

그것도 선후가 겪었던 과거와는 달랐다.

아마 레볼루치온과 투모로우에서도 빠르게 진행하고 있기 때문이지 않을까?

시스템 내적으로 예정해 뒀던 시간이 있어, 다른 무대들과 시간을 맞추고 있는 게 아닐까?

"식량이 떨어졌지?"

"예. 소대장과 나누신 이야기가 있다고 알고 있습니다."

"그건 소대장과 한 거지, 너와 한 게 아니야. 내가 클리어해 둔 지역은 지금부터 내 소관이다."

"물론입니다. 아시겠지만 사정이 많아 달라졌어요. 우리들은 언제든 오딘의 지휘를 따를 준비가 되어 있습니다."

"아니. 자기 목숨은 자기가 챙겨야지."

시작의 장은 1막 1장으로 끝나지 않는다. 스스로 강해지고 스스로 생존법을 터득해야 하는 거다.

선후가 주머니에서 마석 하나를 꺼내 철영에게 내밀었다.

"이건 마석이라고 한다. 각 몬스터에 장기처럼 들어가 있지. 가서 마을 사람들에게 전해. 마석을 가져오면 물과 식량과 교환해 주겠다고. 참고로 마을에 남겨진 몬스터 시체에서 가져올 생각은 안 하는 게 좋을 거야. 그것들은 지금 내가 전부 회수해 갈 테니까."

Chapter 3.

선후는 마을에 남겨져 있던 마석들을 회수한 후, 새롭게
열린 지역을 정리하고 돌아왔다.

더 이상 성일을 데려가지 않은 이유는 명백했다.

사전에 웨이브를 차단했을 경우의 보상은 정말로 후하다.

성일이야 매 순간이 지옥이었다고 생각하고 있지만, 그
가 얻은 보상물들은 들인 노력에 비해서 터무니없이 과했
던 것이다.

과거에는 웨이브가 발생할 지역을 사전에 차단하는 경우
가 거의 없었다.

사전 각성자가 속해 있던 무대에서나 그런 일이 있었는

데, 그런 무대는 펼쳐져 있는 전체 무대에서도 극소수였다.

'권성일. 당분간은 지금껏 성장시킨 능력치에 익숙해질 시간이지.'

경계면 앞.

선후는 자신을 기다리고 있던 성일을 바라보며 생각했다.

성일이 말했다.

"건물 하나로 자리를 옮겨 놨어. 너도 마음에 들어 할 거여. 철영이 그 아그 말이여. 행동이 잽싼 것이 보면 볼수록 나쁘지 않어."

마을에 남아 있는 건물 중 가장 큰 건물이었다. 집기가 하나도 없어서 텅 비워져 있지만, 제일 안쪽 방에는 잠자리로 보이는 게 만들어져 있었다.

사람들이 지참했던 옷 여벌들을 포개서 만든 것이었다.

"지푸라기 깔고 눕는 것보다는 훨씬 나을 거여. 내 잠자리는 따로 있어."

"……."

"강제로 징발한 게 아니니께 신경 쓰덜 말어. 이렇게나마 화 풀어 주려는 거 아녀. 가상하게 생각하믄 좋겠는디, 내가 잘못 생각했나?"

"이것들은 다 뭐야."

"아, 이것들 땜에 그려?"

선후가 쌓인 물건들을 발로 툭툭 차 건드렸다. 그때마다 작은 보석함이 나뒹굴며 그 안에 들어 있던 귀금속들이 바닥으로 쏟아졌다.

또 한쪽에는 만 원권과 오만 원권 지폐가 제법 많이 자리해 있었다.

달러와 엔화도 적지 않았다.

"그렇지 않아도 말하려고 했지. 그걸로 먹을 것과 교환할 수는 업겠냐네? 내 말주변 알잖어. 말은 이렇게 해도, 꽤 조심스러워했구만. 기분 나쁘게 생각하지 말어. 내가 말을 좀 못 혀. 이 말주변 때문에 피해를 많이 보고 살았지."

성일의 말이 길었다. 최대한 철영을 변호하기 위해서였다.

"……지폐는 우습긴 한데. 저 금붙이들은 앞으로 요긴하게 쓰이지 않겠어? 꼭 마석만 받아야 혀?"

"금붙이도 우습지."

"몬스터 염통이 중요한 물건인가?"

선후는 한마디로만 축약했다.

"앞으로 그렇게 될 거야."

마석 자체로는 아무런 효용이 없다. 마석이 품고 있는 에너지를 이용할 수 있는 연구에서 실적이 나와야만, 마석에 가치가 생긴다.

그러니 시작의 장에서라면 더욱이 마석은 돌멩이에 불과했다.

하지만 선후는 아이템도 인장도 아닌 마석만을 요구하고 있었다.

마을 사람들과는 철저히 단절된 채 성일이라는 창구만 열어 두었다. 마을 사람 누구와도, 그것이 리더인 철영이라할지라도 말을 섞지 않겠다는 뜻이야 진작에 전했던 선후였다.

*   *   *

철영과 마을 사람들은 선후가 다른 경계면으로 떠나는 모습을 물끄러미 바라봐야만 했다.

철영은 선후가 웨이브 시작 점 하나를 차단하러 경계면 속으로 사라지는 것까지 보고 나서 성일을 찾아갔다.

"다시 가져가. 필요 없다네."

"오딘의 생각이 그렇다면 어쩔 수 없죠. 그런데 이해가 되질 않아요."

"이해하려 들지 말고, 받아들이기만 해야 하는 거여. 그 짝들은."

"혹시 화를 내셨던 건 아니죠?"

"잘 설명했어."

"감사해요. 형."

"어쨌든 먹고 마실 게 필요하믄 몬스터 염통을 가져와."

따지자면 몬스터에게도 심장이 따로 있어 몬스터 염통이라는 지칭은 틀렸지만, 철영은 웃는 걸로 그냥 넘어갔다.

가지런한 치아에 웃는 모양이 자연스러운 매력적인 미소였다.

"형이 안 계셨다면 절망적인 상황에 놓였을 거예요."

"내가 한 게 뭘 있다고."

"오딘과 우리들을 이어 주고 계시잖아요. 존경합니다."

"아따 금칠도 작작 해야 먹히는 거여."

"극한의 상황에 몰렸을 때 그 사람의 진짜 얼굴이 나온다고 생각해요. 다들 겁에 질려서 아무도 오딘을 몰라봤는데, 오로지 형만 오딘을 알아봤어요. 목숨 걸고 오딘을 변호하신 게 형이잖아요. 덕분에 이렇게나마 오딘이 우리를 신경 써 주고 있는 거고요. 사람을 보는 눈. 극한의 상황 속에서도 정확한 판단. 진심으로 존경합니다. 저는 그때……."

"거참! 쓸잘데기 없는 소리 그만허고, 사람이나 모아 봐."

성일도 철영의 어깨를 툭 치며 짧게 웃었다.

"오딘이 무슨 말씀 하셨나요?"

"물고기 잡고 물도 뜨러 갈 거라던디. 웨이브 차단한 뒤에."

"낚시가…… 돼요?"

"그럼 오딘이 쓸데없는 말을 하겠어? 되니까 하는 소리지."

"경계면 너머에서 말이죠?"

"동상도 지원하려면 혀. 몬스터 염통을 네 개를 준디야. 마석 네 개 말이여."

철영은 돌아가는 상황을 빠르게 읽어 냈다.

오딘이 클리어해 둔 지역에 웅덩이가 있다는 건 알고 있었다.

그런데 거기서 물만 구할 수 있는 게 아니라, 낚시를 통해 식량 또한 확보할 수 있는 거였다.

그리고 오딘이 웅덩이며 클리어한 지역 일체가 자신의 소관이라고 밝힌 이상, 거기서 나올 부산물들은 전부 오딘의 소유였다.

그러니까 오딘이 지원자를 받는 건 돈, 아니 마석을 주고 부릴 인부를 찾는 거였다.

지원자를 통해 물과 식량을 확보해서 그것을 또 마석으로 교환해 주는 거다.

한 가지 풀리지 않는 의문은 왜 마석이어야만 하냐는 거였다.

대체 마석에 어떤 비밀이 품어져 있기에?

철영은 성일이 선후에게 했던 것과 똑같은 질문을 던졌다.

"마석이 중요한 물건인가요?"

"그런갑지."

*　　　*　　　*

오딘이 마석을 이용할 수 있는 스킬을 보유하고 있는 게 아닐까?

그렇다면 다른 각성자들 중에도 그런 스킬을 가진 사람이 있지 않을까?

철영은 수없이 봐서, 이제는 외우다시피 한 사람들의 스킬 목록을 뒤적거렸다.

답을 찾을 수 없었다.

혹시나 싶어서 자신의 공격 스킬을 마석에 부딪쳐 봤는데 아무 일도 일어나지 않았다. 공격 에너지를 흡수하는 것 같은 반응도 그 반대의 반응도 없었다.

결국엔 부숴 보기로 했다.

주인 없어진 망치 아이템으로 수없이 때려 본 끝에 균열이 생겼고 마침내 산산조각 내는 데 성공했다.

그때 마석 안에 뭔가가 들어 있을지도 모른다는 생각 또한 산산조각 났다.

어쨌든 당장은 식량과 물을 확보하는 게 급했다. 마을 사람들은 할 일 없이 잡담을 나누다가도 배고픔과 스트레스 때문에 시비가 붙기 시작했다.

말싸움이나 멱살잡이로 끝나면 그나마 다행이었다.

스킬.

비교적 공격적인 스킬을 가진 이들 중, 순간을 참지 못하고 가진 힘을 쓴 사건이 벌써 두 번이나 있었다.

"지원자 열 명을 받겠습니다."

철영이 사람들을 모아 놓고 말했다. 성일에게 들었던 이야기를 그대로 들려줬다.

물을 얻을 수 있을 뿐만 아니라 낚시도 가능하다는 이야기에 모두의 얼굴이 밝아졌다.

그러나 그 지역의 주인이 오딘이라는 설명이 시작되면서부터 술렁임이 걷잡을 수 없을 정도로 커지기 시작했다.

"여러분들의 심정은 이해가 됩니다. 하지만 새로운 세상에는 새로운 법을 따라야 합니다. 여기에 계신 분들 중 소대장의 전철을 똑같이 밟고 싶은 분은 아무도 없을 겁니다."

철영이 계속 말했다.

"저도 그래요. 여기의 모든 게 무섭고 두렵습니다. 그래도 저는 우리가 어떤 상황에 놓여 있든 행복할 수 있다고 믿고 있습니다. 이전에도 그런 마음가짐으로 살아왔고요."

행복.

그 단어에 사람들은 철영에게 집중하기 시작했다.

"우리가 행복하기 위한 가장 중요한 요소는, 특히 이러한 상황에서는 안전일 겁니다. 안전이 첫 번째고 나머지는 그다음의 문제죠. 여러분들께선 오딘이 우리에게 안전을 제공하고 있다는 사실을 잊으시면 안 됩니다."

"그래도 그것이 모든 자원을 독차지하는 이유가 될 수는 없어요."

"가능합니다. 역사를 통틀어, 우리 국가들은 그렇게 구성되어 왔으니까요……."

철영은 괴로운 얼굴로 뒷말을 삼켰다.

"중요한 건 식량과 물을 확보할 수 있는 수단이 생겼다는 겁니다. 지금은 거기에 집중합시다. 몬스터 장기 중에 엄지손가락만 하고 딱딱한, 마치 작은 돌 같은 것이 있습니다. 오딘은 그걸 마석이라고 부릅니다."

철영의 설명은 계속 이어졌다. 마석을 얻는 방법은 두 가지다.

오딘의 일거리를 받아 품삯으로 받는 것 하나.

다음 웨이브 퀘스트가 떠서 새로운 경계면이 열리면, 오딘에게 양해를 구하고 일정 구역의 몬스터 토벌을 양보받은 다음 몬스터에서 얻는 것 둘.

맞다. 철영은 그 일을 양보라고 표현했다.

"그건 제가 어떻게든 성사시켜 보겠습니다. 그럼 지금부터 지원자를 받겠습니다. 지원하실 분들께선 앉은 자리에서 조용히 손만 들어 주시면 됩니다."

그 순간 장내의 공기가 후끈 달아올랐다.

화악!

거의 모든 사람들이 일제히 손을 들었다.

손을 든 사람들은 다급하게 소리를 치기 시작했다. 지원자가 많지 않을 거라는 생각과 달리, 막상 패를 까고 보니 모두가 경쟁자였기 때문이었다.

오딘을 따라 웅덩이로 가지 않으면?

마석을 구할 수 있는 방법은 오로지 몬스터밖에 없었다.

사람들은 통통하고 귀여운 생명체를 떠올렸다.

그것들의 털 속에 어떤 악귀 같은 얼굴이 감춰져 있다는 것도.

그것들이 인육을 즐긴다는 것도 물론 함께였다.

　　　　　*　　　　*　　　　*

"내가?"

"그래. 소대장이 꺾어 놓은 나뭇가지를 이정표 삼으면
될 거야. 소환 둥지에는 접근하지 말고."

"그건 아는디."

"그런데?"

"쪼까 무섭구만."

"사람들? 어떤 문제가 터지든 열 명 정도는 해결 볼 수
있어. 그런 것도 계산 못 했을까 봐."

"그게 무섭다는 거여. 나는 너처럼 마음이 넓지 않으니
께."

"덤벼들면 인정사정 봐주지 마."

"으잉?"

"죄책감을 가질 것도 없고. 먼저 덤벼드는 순간 몬스터
다 생각하는 거다."

"뚝배기 깨 버리라는 것인디, 넌 안 그랬잖어."

"지금까지는 직접 덤벼든 놈이 없었으니까."

"아아. 그런 것이었어? 하기야 뒤에서 주둥이만 나불거
렸지. 그럼 자고 있을텨?"

성일은 선후의 충혈된 눈이 아슬아슬해 보였다. 그제야

든 생각인데 그는 선후가 자는 모습을 단 한 번도 본 적이 없었다.

"자야지. 나도 사람인데."

"난 말이여. 아직도 마을 사람들이 거시기 혀. 맘 편히 잘 수 있을랑가 모르겄어."

"다녀와라."

선후는 성일을 보내 놓고 나서 눈을 감았다.

감각이 날 서 있는 것과는 별개로 아이템들이 들어 있는 배낭을 바로 머리맡에 두었다.

성일이 사람들과 돌아오고 나면, 그들에게 마석을 주고 식량과 물을 교환해 주면서부터 시작될 것이다.

마석에 가치가 생기고 통화로 이용되기에 충분해지는 것이다. 마석은 비단 식량과 물로만 교환되지 않을 것이다.

사람들 자체적으로 아이템과 인장을 마석으로 교환할 것이며.

개중에는 위험을 감수하고 몬스터에게서 마석을 구하는 것보다, 다른 사람이 구한 마석을 몰래 훔치는 게 더욱 수월하다는 걸 깨닫는 자도 나올 테지.

또 마석이 휴대하기에 불편하다는 사실을 깨닫는 자도 나올 테고.

이후의 광경들이 눈에 선했다.

"경제가 돌아야 활력이 생기는 거다. 먹고살기 위해서, 보다 안전해지기 위해서, 더욱 강해지기 위해서."

선후는 눈을 감은 채로 중얼거렸다.

"그래. 살아남기 위해서."

*　　　*　　　*

심해에서 볼 법한 괴상한 물고기였다.

그러나 크기가 컸고 막상 배를 따 보니 먹을 구석이 많았다.

대가리와 꼬리를 쳐 낸 다음 비늘을 벗겨 내면 평범한 어류와 구분이 가지 않는다. 실제로 구워 먹을 때의 식감과 맛에도 차이가 없었다.

창고로 쓰이게 된 건물 앞이 사람들로 북적거렸다. 여기저기서 시작된 식사에 합류하지 못한 자들이 주를 이뤘다.

"마석 두 개를 가져오면 준다고 했잖어. 고기는 많으니까 가져오기만 혀."

성일은 사람들이 밉긴 하지만, 그렇다고 굶주린 기색이 역력한 사람들의 처지를 외면하기에는 아무래도 마음 한구석이 걸렸다.

하지만 오딘이 정한 룰이 있었다.

"곧 새로운 지역 열리면 그때 힘내 보라고들."

"몬스터와 싸우란 거요?"

"못할 게 뭐요? 죽을 각오로다 싸우면 어떻게든 된다니까. 진짜 죽어 버리믄 곤란하지만, 죽지만 않으믄 다 낫잖어."

"그러지 마시고 베풀어 주세요. 다 같이 어울려 살아야죠."

"그짝들 참 양심도 없소. 정 어둠이 무섭거든 웨이브를 기다려 보등가. 다시 말해 줘야 쓰겠소? 이러나저러나 그 짝들도 이제 몬스터와 싸워야 한다는 거요."

곧 다섯 번째 웨이브 퀘스트가 발생할 것이다.

침투 진로 다섯 군데 중 네 곳은 선후가 사전에 차단하겠지만, 나머지 한 곳은 마을에서 자체적으로 막아야 한다.

네 번째 웨이브까지는 사방으로 도로가 뚫렸었다.

그리고 다섯 번째 웨이브 퀘스트가 떴을 때, 한 도로의 끝이 양 갈래로 나뉘어졌으며 새로운 지역도 열렸다.

준비 시간은 16시간.

하지만 마석이라는 새로운 조건이 끼어들면서, 철영은 선택지가 다양해졌다.

"웨이브에서 잡은 몬스터는 우리 마을의 것으로 인정해 주겠답니다. 새로운 지역에 따라 들어오는 것도 말리지 않겠답니다."

철영은 성일에게 발언권을 넘겼다.

"쪽수도 많은디 계속 쫄고만 있을 거요? 꿩도 먹고 알도 드시란 말이요. 마석도 구하고 싸우는 방법도 익히고. 그러고 나서 준비 시간 안에 마을에 합류하는 거요."

"경계면 초입은 그나마 위험이 덜하다고 들었습니다. 맞습니까?"

"그려. 깊게 들어가지 말고 경계면 언저리에서 조심하믄 된다니까. 지랄병 난 개새끼 잡는다 치고."

고마워요. 형.

철영은 소리 없이 입술만 움직였고 성일은 씩 웃어 보였다.

"시간이 없습니다. 선봉으로 편성되신 분들께서 오딘을 따라 들어가셨으면 합니다."

"다 같이 마을에 남아 있는 게 낫지 않겠어?"

한 남자가 반문했다.

허기 때문에 날이 선 목소리였다.

"웨이브에 앞서 호흡을 맞춰 볼 기회입니다."

철영은 선봉으로 편성된 사람들을 하나하나 쳐다보았다.

지금까지도 설득하기에 애를 먹었지만 어떻게든 성공했었다.

"그리고 조금이라도 더 많은 마석을 확보할 수 있는 기회이기도 하고요. 여기에 계신 권성일 씨께서도 선봉대로 들어가 우리를 도와주시기로 하셨습니다. 다들 눈치채셨겠지만, 권성일 씨는 무척 강하신 분입니다."

사람들의 시선이 성일에게 집중됐다.

꼭 철영의 설명이 아니더라도, 성일이 무시무시해 보이는 둔기로 바닥을 짚고 있는 모습은 인간 도깨비를 연상시켰다.

성일과 함께 낚시를 다녀온 노인이 슬그머니 입을 열었다.

"의사 선생님. 나는 선봉에 서 주는 분들께 참 고맙고 염치가 없어요. 특혜가 있어야 하지 않겠어요?"

"그래서 여러분들께 양해를 구해야 할 일이 있습니다. 어르신은 컴퓨터 게임을 잘 모르시겠지만, 적지 않은 분들이 컴퓨터 게임에 익숙하시고. 특히 제 세대들은 누구나 한 번씩은 컴퓨터 게임에 빠져 본 적이 있을 겁니다."

철영의 말이 이어졌다.

"소대장님께서 전력을 편성하실 때, 많은 분들께서 그런 조언을 드렸습니다. 하지만 여기는 게임이 아니었습니다. 우리는 게임 속의 캐릭터처럼 역할에 충실할, 어떤 준비가 되어 있지 않았습니다. HP가 깎이는 게 아니라 내 살점이 떨어져 나갔죠. 그건 다시 떠올리는 게 끔찍하리만큼 고통스러운 경험이었습니다."

소대장 그리고 그와 함께 죽은 자들에 대한 기억이 장내를 조용하게 만들었다.

"그런데도 선봉에 다시 참여해 주시기로 한 분들이 계셨습니다. 호명되신 분들께서는 일어나 주시겠습니까."

철영은 그 사람들의 이름을 읊었다. 어떤 명단을 보고 있는 게 아니었다.

모두 외웠다.

철영이 먼저 박수를 치는 것으로, 언제 그랬냐는 듯이 장내가 박수 소리로 시끄러워졌다.

"말씀드렸다시피 우리에게 부여된 역할에 충실하기에는, 우리는 아무런 준비도 되지 않았습니다. 그때까지 우리를 강하게 만드는 것은 스킬이나 아이템이 아닙니다. 우리 개개인의 마음가짐이죠."

철영은 마저 말했다.

"선봉대에서 참여하시기로 하신 분들께서는 누구보다 강하신 분들입니다. 또 우리 모두를 위해서 자신을 희생하려는 애민 정신도 투철하신 분들입니다. 존경스럽고 감사드립니다."

철영이 허리를 숙였다 폈다.

"하지만 일방적인 희생은 오래가지 못하며, 어느 순간부터 우리는 이분들의 희생을 당연하게 여길 테지요. 그래서 이분들께 제 임의로 약속을 드린 게 있습니다. 극구 거부하셨지만, 저도 어르신의 말씀처럼 희생을 하시는 분들께 특혜가 있어야 한다고 생각했습니다."

"의사 선생님 말씀이 맞아요. 특혜가 없다면 누가 희생을 하려 하겠어요?"

"맞아! 맞아!"

"그래서 여러분들께서 두 가지 사안에 동의해 주셨으면 합니다."

첫째는 앞으로 웨이브 때마다 확보되는 마석에 대하여 선봉대에 가장 많은 분배를 할 것.

둘째는 앞으로 확보되는 모든 마석의 20%를 따로 모아, 선봉대를 비롯한 마을을 위해 사용할 것.

* * *

"그래?"

"그려. 말도 어찌나 똑똑하게 잘하는지, 보면 볼수록 괜찮은 아그더구만. 죽은 사람에게는 안된 말인디 더 잘하는 것 같어. 사짜가 다르긴 달러."

"마을 공통 자금으로 모은 마석은 어떻게 관리하기로 하고?"

"사공이 많으면 배가 산으로 간다고. 철영이가 직접 하기로 혔어."

"그 녀석이 직접 한 말이야? 사공이니 배니."

"내 생각이 그렇다는 거여."

"네가 밀어줬어?"

"나는 닥치고 있었지. 사람들도 보는 눈이 있는데. 왜, 철영이가 꼼수 부리는 거 같어? 꼼수 부릴 만큼 나쁜 동상이 아니라니까. 그러지 말고 언제 한번 진득하게 얘기 나눠 보는 게 어뗘? 괜찮은 동상이여."

선후가 볼 때, 철영은 머리가 제법 빠르게 돌아가는 녀석이었다.

앞으로 마석이 화폐로 통용될 것 같자, 바로 마을 사람들에게 20%의 세율을 붙여서 징수하겠다고 밝힌 것이 그랬다.

선후는 처음으로 마을 사람들과 합류했다.

선봉대는 총 삼십 명이었다. 하지만 거기에 철영은 없었다.

성일이 하도 좋게 말해서 대화나 한번 나눠 볼까 했던 것도, 피식거리는 웃음으로 변해 버렸다.

'이전에 의사였다는 게 맞긴 하나?'

거짓말로 사람들의 호감을 사는 것 따위야, 시작의 장에서는 흔한 일이었다.

의사?

같은 직업군을 만나지 않는 이상 들키지 않을 거짓말이었다.

또 능숙한 독사들은 들킬 것 같은 거짓말은 애초부터 하지도 않았다. 그들이 들켜도 될 거짓말을 할 때는, 이미 힘을 갖춘 후였다.

선후는 그러려니 했다.

진위가 무엇이든지 간에 첫 무대의 권력자들은 대개 머리가 빠르게 돌아가는 작자들이었다. 그만큼이나 사람들에게 매력적으로 보일 줄도 아는 인물들이었다.

그런 자들이 살아남고 강해진다.

어차피 시작의 장은 그렇게밖에 굴러가지 않는 곳이니까.

선후는 사람들과 떨어져서 앞장섰다. 선봉대를 이끌고 오는 사람은 성일이었다.

선후는 경계면을 넘은 후에는 은신에 돌입했다. 경계면 초입을 사람들에게 넘기고, 중반부터 소환 둥지가 있는 지역까지 쓸어 나갔다.

확실히 템발이 끝내줬다.

시작의 장에 아이템을 가지고 진입하지 못한다는 고지가 있었다면, 2회 차를 선택해야 되는 분기점에서 꽤나 고심했을 것이다.

소환 둥지를 박살 내며 웨이브 퀘스트 하위의 히든 퀘스트 하나를 단독 보상으로 먹었다.

금빛의 향연.

공격로 하나를 사전에 차단시킬 때마다 골드 박스 세 개씩이 떨어진다. 고작 1막 1장에서 말이다.

이번에는 운이 좋아서 아슬아슬하게 걸려 있던 근력과 감각 수치가 연달아 떴다. 선후의 두 수치는 막혀 있던 벽을 뚫었다.

하지만 상태 창을 바라보는 선후의 표정은 복잡스럽기만 했다.

* * *

다음 진로를 치단하기 위해 마을로 나왔을 때였다.

선후는 나지막하게 중얼거렸다.

"인도관. 다 보고 있는 거 알아. 나와 봐."

오랫동안 모습을 감추고 있던 정령이 선후 앞에 나타났다.

선후는 정령의 색채부터 확인했다.

파란빛을 품고 있으면 선한 메시지를, 붉은빛을 품고 있으면 악랄한 메시지를 토해 내는 악물(惡物)이다.

그때 정령이 품고 있는 빛깔은 푸른색이었다.

하지만 안심하긴 일렀다.

언제 핏빛으로 바뀌어서 괴악한 장난질을 칠지 모르니까.

[제가 주관하는 무대에 도전자가 있는 건, 영광이자 부담스러운 일이에요. 솔직히 말씀드리자면 시작의 장에서 도전자와 마주치게 될 줄은 몰랐어요.]

"도전자에 대해 물을 게 있다."

[도전자가 무슨 일을 할 수 있는지 아시죠?]

"그래서 불렀어."

[수정하고 싶은 시스템이 있으신가요?]

"수정하고 싶은 것마다 난이도에 차등이 있겠지?"

[예를 들면요?]

"네가 장난을 못 치게 만드는 것."

[(♂_♂)]

"이상한 이모티콘만 띄우지 말고 대답을 해."

[차단된 답변입니다.]

……

[차단된 답변입니다.]

마치 오류가 난 것처럼 똑같은 메시지가 계속 올라왔다.

선후의 시야 전체가 그것으로 도배되었다.

선후가 메시지를 날려 버리는 속도보다도 훨씬 빨랐다.

"그만."

[답변이 되었나요?]

선후는 미간을 찡그렸다.

언제나 그렇지만 이것들은 불쾌한 장난을 치는 데 대가

다.

선후는 질문을 바꿔서 물었다. 그것이 선후가 정령을 부

른 진짜 이유였다.

"박스 시스템을 수정한다면?"

[어디까지요?]

"지금은 보상이 랜덤으로 주어지지. 스킬도 아이템도 종목 수치들도 마구잡이로 뜨고 있어. 포인트를 확보하거나 박스 보상을 받아도, 지금대로라면 운발에만 기대해야 하는 실정이란 말이다."

[그건 시스템의 전면적인 수정을 바라는 건데요?]

"그렇다고 치자고. 그걸 수정하기 위해선 어떤 도전을 통과해야 하지?"

[어떤 도전이 아니라, 어떤 도전들이냐고 물어야 하는 거예요. 한두 가지를 손보는 게 아니잖아요. 그중에서도 꼽아 보세요.]

"박스에서 내가 원하는 종목의 수치만 띄우고 싶다면?"

[그러려면 일단 보상물 종류를 고를 수 있어야 하겠네요. 종목 수치는 랜덤 방식인가요?]

"그건 상관없어. 결국 평균점을 찾아가더군."

[그 정도까지 축약한다면 도전해 볼 만하지 않을까
요?]

"……모르는 거냐?"

[저는 설계에 따라 여러분들을 인도 하고 있을 뿐이
니까요. 당신이 수락해야만, 그때 저도 알 수 있게 되는
시스템이랍니다.]

선후는 솟구치는 짜증을 짓눌렀다. 중간에 태도를 돌변하
지 않고 차분히 설명을 해 준 것만으로도 다행으로 여겨야
할 판이었다.
바로 그때였다. 선후의 육감을 자극하는 뭔가가 있었다.
선후는 부릅뜬 눈으로 메시지 창을 노려보았다.

[도전자가 발동 하였습니다.]
[퀘스트 '장엄한 도전'이 발생 하였습니다.]

[장엄한 도전 (퀘스트)
둠 카오스의 개입이 없었다면 시스템의 설계는 완벽
할 수 있었습……]

지금껏 완성된 창이 한 번에 떴던 것과는 달랐다.

어디선가 타이핑을 치고 있는 게 아닐까, 혹은 렉이 걸린 게 아닐까 싶었다. 눈앞의 창은 한 글자씩 또박또박 내놓으며 문장을 완성시켜 나가고 있었다.

*   *   *

[장엄한 도전 (퀘스트)

둠 카오스의 개입이 없었다면 시스템의 설계는 완벽할 수 있었습니다. **둠 카오스**의 악의는 적중하였습니다. 시스템의 기존 설계에서 적지 않은 부분이 비틀렸고 혼선이 예정 되어 있습니다.

임무: 퀘스트 전투에서 승리.

보상: 박스 시스템 (카테고리 선택) 수정 권한 및 포인트

* 본 퀘스트는 도전자 전용 퀘스트 입니다.]

선후가 겪어 왔던 바, 시스템은 이중적이었다.

예컨대 자신이 시간을 역행해 온 이후에 겪은 일만 봐도 그랬다.

인류의 위기를 막으라는 퀘스트를 띄우는 한편, 그걸 성공시킨 자신을 인류의 공적(公敵)으로 치부해 버리는 악랄한 퀘스트를 띄우기도 했었다.

그런 것이었다.

그러한 이중적인 모습 때문에 본 시대의 전 인류는 팔악과 팔선의 두 세력으로 나뉘어 사상 최대의 내전을 자행하지 않았던가.

선후의 두 눈이 강한 충격으로 흔들리며 퀘스트 창 속의 굵은 글자를 쫓았다.

둠 카오스.

칠마제 중에서도 가장 서열 높은 존재의 이름이자 악의 근원인 이름.

'환장하겠군. 시스템은…… 두 개가 아니었어. 둠 카오스의 개입 때문이었다니.'

선후는 등골이 쭈뼛 서는 느낌을 받았다.

아아.

혈관을 따라 돌던 핏물 또한 일시에 차가워져서는 역행해 버리는 기분이었다.

시작의 장에서 각성자들을 상대로 섬뜩한 장난을 치는 정령, 마찬가지로 무대에서 각성자들을 극한까지 몰아붙였던 조건들, 저주를 토해 내는 던전 박스, 목숨을 건 보상을 그저 운에 기대야 하는 랜덤 시스템 등등.

그래서 결국에 초래하고 말았던 인류 전체의 내전이 선후의 머릿속에서 펼쳐졌다.

최악이었다.

각성자들끼리 맞붙었던 온갖 전투들은 있어서는 안 될 일이었다.

진실은 아주 단순한 논리 안에서 다뤄지고 있었다.

그것으로 말미암아 인류는 비록 처참히 망가진 죽음의 땅 위에서나마 새로운 문명을 다시 시작할 기회가 있었던 것이다.

적은 시스템도 타 진영의 각성자도 아닌 오로지 한 세력이었다.

악의 근원, 둠 카오스.

그 휘하의 여섯 마제(魔帝)들과 그것들이 다스리는 군단들일 뿐!

선후가 엄청난 진실의 무게에 짓눌리고 있을 때, 메시지 하나가 그의 정신을 퍼뜩 깨우며 나타났다.

[퀘스트 장소로 이동 하시겠습니까?]
[경고: 최대한 많은 공격대를 조직 하십시오.]

'지금은 안 돼.'

시스템이 보내오는 경고대로 공격대를 대동할 수 있다면 그리해야 한다. 자신도 능력치를 조금 더 성장시킨 후에 진행해야 되는 퀘스트였고, 퀘스트 정보부터가 한참이나 부족했다.

더군다나 지금 바로 이동하면 마을은 몇 시간 후에 시작될 웨이브를 감당할 수 없었다.

또한 진실을 알게 된 이상, 당장 손봐야 할 것은 보상물 획득 방식이 아니었다.

시작의 장을 교란시키는 정령들을 정상화시키는 것부터다!

그게 성공한다면 어쩌면 시작의 장은······.

하지만 선후의 불길한 예감은 틀리지 않았다. 줄곧 잠잠하던 정령의 얼굴이 장난스럽게 비틀리기 시작한 것이다.

그것의 색채가 푸른 빛깔에서 핏빛처럼 붉게 변하던 순간.

'젠장.'

선후의 이가 악물렸다.

[퀘스트 장소로 이동 됩니다. 파이팅. ٩('ㅇ`*)۶]

* * *

황혼이 지는 평원 위.

선후는 긴장된 얼굴로 허공을 노려보았다.

  [전투 승리 조건: 둠 카오스 제단 파괴 혹은 적군 전
멸]
  [전투 패배 조건: 본인 및 아군 전사]

정령이 강제로 퀘스트를 진행시킨 탓에, 전투 패배 조건
의 '아군 전사' 라는 단어는 사실상 아무런 의미가 없었다.

선후 혼자뿐이었다.

주위를 둘러보던 선후는 지면에서 해골 하나를 집어 들
었다.

개과의 두개골.

그러나 두개골만 그렇지 나머지 골격들에서 이족 보행이
가능한 생물체의 해골임을 추측해 낼 수 있었다.

그러니까 이번 전투는 데클란 군단을 상대로 하는 것이다.

그리고 시스템에서 본격적으로 전투 승리 조건과 패배조
건을 명시한 것은, 곧 한 개 이상의 군단 규모와 전투가 펼
쳐질 거라는 뜻이었다.

‘자칫 방심하다간 여기서 끝장날 수도 있겠군.’

선후는 배낭을 풀었다.

마을에 진입할 때는 괜히 사람들의 욕심을 자극하지 않기 위해 배낭에 지참할 수 있는 아이템들은 거기에 넣어 두고 있었다.

반지 같은 것은 상관없지만 라의 태양 망토 같은 것들은, 무지한 사람들이 보더라도 무척이나 진귀한 아이템일 수밖에 없었다.

무장을 완비하고 나서는 은신 상태에 돌입했다. 어찌 됐건 전투 승리 조건 중 하나만 충족시키면 되는 것이다.

최대한 가깝게 침투해서, 제단만 파괴하는 거다.

‘그러면 시스템의 보호 장치가 가동되겠지.’

과거의 경험상.

이런 전투 퀘스트는 종결 즉시 본래의 자리로 이동되기 마련이었다.

[당신의 침입이 알려졌습니다. 적군이 대열을 갖추고 있습니다.]

고지대에 올라서 적군 진영을 확인했다.

“쳇.”

선후의 바람은 무너졌다.

군단 속에 은신체를 파악할 수 있는 능력을 갖춘 부대가 존재했다.

적군은 두 개 군단을 운영 중에 있었다. 한 개 군단은 제단을 지키고 한 개 군단은 전투를 수행할 목적으로 보였다.

'호위 군단을 쳤다간, 앞뒤로 쌈 싸 먹힐 수밖에 없겠구나.'

선후는 전투 군단에 집중했다.

이십 개 부대가 전투 군단을 구성하고 있었으며, 한 개 부대의 구성 수는 그것들의 전투력에 따라 차등이 있었다.

예컨대 견줄, 일반 데클란 전투병 같은 것들은 150마리 정도가 한 개 부대. 데클란 전사 같은 것들은 50마리가 한 개 부대. 데클란 주술사 같은 것들은 20마리가 한 개 부대로 제법 짜임새 있는 병종 구성을 갖췄다.

한편 군단은 전투 진영을 편성한 다음부터 꿈쩍도 하지 않고 있었다.

'일반 보병 부대 여섯, 강화 보병 부대 넷, 사격 보병 부대 다섯, 주술사 부대 둘, 기병 부대 둘. 거대 괴수 부대 하나, 비행 부대 하나.'

그리고 군단장은 데클란 군단의 보스 몬스터들이 보유하고 있는 특성이 없을 리가 없으니, 병력이 줄어드는 것에

비례하여 강해진다.

'최소한 한 개 공격대만이라도 주었더라면…… 빌어먹을.'

그 공격대의 희생으로 말미암아 전투 군단의 시선을 끌고 자신은 제단의 호위 군단을 어떻게든 뚫으며, 제단을 파괴하는 전략을 썼을 것이다.

아무리 머리를 굴려 본들 선택지가 없었다. 이대로 사정거리 밖에서 은신을 유지하고 있을 수만도 없는 노릇이었다.

'하지만 내가 먼저 나설 필요도 없지. 답답한 것은 나만이 아니야.'

적군은 비행 부대 혹은 기마 부대로 하여금 어딘가에 숨어 있거나 은신하고 있을 이쪽 병력들을 찾으려 할 거다.

그것들부터 격파하는 수밖에.

*　　　*　　　*

선후의 생각대로였다. 적 진영에서 비행 부대가 떨어져 나왔다.

생긴 것은 일반 견졸들과 다를 바 없는 것들이었으나 그것들에게는 날개가 있었다. 정확한 이름은 데클란 비행 전투병.

구성 병력은 정확히 일백 마리였다.

주술사 부대의 은신 발각 주술을 버프 받아 특유의 광채를 휘감고 있었기 때문에라도, 날아오는 광경이 눈에 띄었다.

선후는 의심이 없었다.

수없이 겪어 본 녀석들이었다.

비행 전투병들은 자신을 발견하고서 군단에 합류하기만 하면 되는 것을, 발견하는 즉시 바로 공격해 들어올 녀석들이다.

그것들의 어쩔 수 없는 습성이지 않은가.

또 하나 그것들에게는 양날의 검과 같은 습성이 있는데, 바로 무슨 일이 있어도 패주하지 않는다는 것이었다.

아니나 다를까.

무리 지어서 사방을 날아다니던 것들이 마침내 선후를 발견했을 때였다.

[발각 되었습니다. 은신이 해제 됩니다.]

비행 전투병 일백 마리는 어떤 것이 먼저라 할 것도 없었다.

화아아악!

창공에서 빠른 속도로 떨어져 내리며, 선후의 시선을 가득 채웠다.

그것들은 떨어져 내린 그대로 선후의 몸에 발톱을 박을 기세였다.

선후는 주저하지 않았다.

후속 부대가 출격할 틈을 주지 않고 속전속결로 해치울 계획이었다.

사악—

데비의 칼날이 선후의 몸에서 튕겨져 나왔다. 바로 선후를 노렸던 한 마리의 목을 관통한 후로 완만하고 빠른 궤적을 그렸다.

이전에 수없이 써 본 데비의 칼날.

선후가 계산한 완벽한 궤적은 일거에 그것들의 목을 휩쓸었다.

그것들부터가 빠른 속도로 내리꽂히고 있었기 때문에, 잘려진 대가리들과 시체가 떨어지는 속도도 우박만큼이나 빨랐다.

[데클란 비행병을 처치 하였습니다.]

……

[데클란 비행병을 처치 하였습니다.]

선후의 시선 안으로 메시지들이 쏟아졌다.

그래도 고도로 집중하고 있는 선후에게는 메시지 바깥으로 투영되어 있는, 그것들의 움직임만 보였다.

빠지직—

뇌력은 선후의 손끝에서 뻗쳐 나왔다. 한 줄기에서 시작된 것이 일거에 갈래갈래 나눠지며 그것들을 향해 뻗쳐 나갔다.

종족의 비명 소리는 도리어 그것들에게 피의 갈증을 일으킨다.

더욱 광분한 것들이 바닥에 착지했다. 날개를 접음과 동시에 종족의 시신을 뛰어넘으며 선후에게 달려들기 시작했다.

하지만 선후가 움직이는 속도는 그것들보다 빨랐다. 그것들의 움직임을 쫓는 시선이나 감각의 날선 정도 또한 마찬가지다.

[질풍자가 발동 하였습니다.]
[타고난 자가 발동 하였습니다.]
[예민한 자가 발동 하였습니다.]

뇌력이 허공에서 춤을 추고, 어느새 망토에서 검으로 변환된 화염이 그것들을 불태웠다.

두 동강 낸 그 자리에서 즉시 말이다.

화르륵!

화염은 가까이 있는 것들에게로 옮겨 갔다. 끝끝내 선후에게 첫 공격을 뻗는 데 성공한 것의 날개 또한 불타고 있었다.

선후는 쳐올려져 있던 검을 대각선으로 그어 내린 다음, 제 앞에 끼어든 채로 쓰러진 것의 대가리를 발로 걷어찼다.

와직!

그것의 두개골은 선후의 발길질을 버텨 내지 못했다. 타격 순간에 터져 버렸기 때문에, 그것에게선 어떤 비명소리도 없었다.

그때에도 남아 있는 것들의 수가 사십을 조금 넘고 있었다.

선후가 일으킨 뇌력과 화염은 그때부터 더욱 활개를 치기 시작했다. 시체는 점점 늘어 나갔고, 그것들로 빼곡했던 시야는 조금씩 트이기 시작했다.

마지막 한 마리.

그것 또한 장렬한 죽음을 맞이했다.

허공에서 난데없이 갈라져 나온 뇌력 줄기가 마치 살아 있는 생물처럼, 그것의 목뒤를 정확히 찔러 들어간 것이다.

더 이상 서 있는 게 보이지 않을 때.

선후는 처음으로 손을 들어 얼굴을 쓸어내렸다. 몬스터들의 피와 타 버린 채로 튀어 버린 살점들이, 그의 턱 끝에서 뭉쳐진 채로 떨어져 나왔다.

두두두.

지면이 울리기 시작한 순간은 바로 그때였다.

두 개의 기마 부대.

그러니까 괴수를 탄 데클란 병사들이 진영에서 출격해, 선후가 서 있는 언덕을 향해 돌진하고 있었다.

전투 군단 전체 또한 거대한 움직임을 시작하고 있는 중이었다.

그중에서도 쿵쿵, 가장 커다란 울림을 내며 움직이는 쪽은 아무래도 거대 괴수 넷으로 이뤄진 부대 쪽이었다. 멀리서도 그것의 거대한 움직임은 위압적으로 보였다.

'더. 더.'

선후는 거리를 가늠했다.

방해물을 쓸어버릴 듯한 기세로 돌진해 오는 기마 부대가 빠른 속도로 가까워지고 있는 순간에도, 선후가 기다리는 것은 하나였다.

가장 후방에서 대열을 유지한 채로 접근 중인 궁수 부대.

그것들이 퍼부어 대는 화살 비의 충격에서 조금이라도 자유로워지려면 그것들부터 끊어 놓는 게 우선이다.

선후가 기다리고 있던 거리까지 들어온 순간.

선후가 착용 중인 반지 하나가 다이아몬드 같은 영롱한 빛을 냈다.

[지배의 반지를 사용 하였습니다.]

[포획물: 성체 그라프]

선후가 딛고 선 지면을 중심으로 일대 전체가 꿈틀거렸다.

선후가 그 땅의 움직임에 대고 말했다.

"가서 궁수 부대를 끊어."

어떤 것의 시선에도 미치지 않는 깊은 지하.

영락없이 지네를 닮은 거대한 생물체가 선후의 명령에
따라 꿈틀거리고 있었다.

Chapter 4.

"진입로를 차단하고 있을 거여. 걱정들 하지 말어."

성일은 사람들을 안심시켜 놓고는 있지만, 몹시 불안하기만 했다.

중간중간 경과를 들려준다는 사람이 열 시간도 훨씬 넘게 깜깜무소식이었다.

철영은 성일의 불안한 기색을 읽은 사람 중의 한 명이었다. 그는 성일을 도와 사람들을 안심시킨 후, 성일과 독대를 가졌다.

"이런 적이 있으셨나요? 혹시……."

"혹시 뭐."

"잘못됐다면 어쩌죠?"

"그건 동상이 오딘을 잘 몰라서 하는 소리여. 잘못됐을 리 없어."

하지만 성일의 목소리에는 어쩐지 자신감이 없었다.

"그렇기만을 바라고 있기는 한데, 만일이라는 게 있잖아요."

"오딘이 뒈졌길 바라는 거시여. 뭐시여. 말이 씨가 된다고 재수 없는 소리는 하지도 말어."

천만의 말씀이다.

누구보다도 오딘이 안전하길 바라는 게 철영이었다.

다섯 번째 웨이브까지 두 시간밖에 남지 않았다.

공격 진입로는 총 다섯 군데로 그중에 오딘이 네 개를 사전에 차단해 주는 것으로, 마을의 웨이브 방어 계획은 진입로 하나를 막는 데 준비되어 있었다.

그래서 전 인원들을 그 남은 진로 쪽으로만 배치시켜 두지 않았던가.

만일에 하나 오딘이 공격 진로를 차단하는 도중에 잘못된 것이라면, 최소한 그가 했던 말을 지킨 후에 잘못됐어야만 했다.

여섯 번째 웨이브는 그다음의 문제고.

오딘이 진입로를 사전에 차단하던 중에 죽었을 거라는 이야기가 빠르게 돌았다. 사람들의 불안이 극에 치달았다.

그 중심에는 한 예비군이 있었다.

본인에서 그치는 게 아니라 사람들 사이를 돌며 공포를 조성하고 있었다.

철영이 잘 타일러도 소용이 없었다.

그때뿐이었다.

뒤돌아서고 나면 지나가는 사람을 붙잡고, 곧 죽을 얼굴로 하소연을 하는 것이었다.

사람들을 통제하는 데 적당한 긴장감이 필요한 건 맞지만, 지금처럼 웨이브를 코앞에 두고 있는 상황에서 모두가 공포에 찌드는 것은 무척 위험한 상황이었다.

잘 통제가 된 소대장 치하에서도 많은 사상자가 발생했었다.

비록 선봉대가 경계면 너머에서 합을 맞추고, 거기에서 얻은 마석을 식량과 교환하여 배를 채운 실정이지만.

철영은 소대장 치하에서보다 더 많은 사상자가 발생할 것이 빤히 보였다.

그건 곧 자신의 생존 가능성 또한 희박해진다는 소리였다.

"왜?"

성일이 철영의 시선을 쫓았다. 사람들과 함께 훌쩍이고 있는 한 녀석이 보였다.

"형. 이런 부탁드려서 정말 죄송한데요. 저 사람 좀 조용히 시켜 줄 수 있어요? 몇 번을 말해도 듣질 않아요. 사람들을 두렵게 만들고 있어요."

정말로 오딘이 잘못됐다는 가정하에, 또 이번 웨이브에서 어떻게든 생존한다는 가정하에.

앞으로 신임을 얻어야 하는 사람은 성일이었다. 철영은 웨이브를 준비하는 짧은 시간에서나마 성일의 곁에서 떨어지지 않았다.

철영은 그의 호감을 사기 위해, 있지도 않은 전라도 친척도 만들어 냈다.

"그럼 안 되지. 내 조용히 시킬게. 동상은 준비나 착실히 잘 혀."

효과가 있었다.

그 주둥아리 함부로 나불거려서 사람들을 겁주면, 그 자리에서 바로 뚝배기를 깨 버린다는 성일의 위협이 말이다.

철영은 그런 성일의 모습을 보면서 한편으로 아쉽기도 했다.

진즉에 오딘 쪽에 줄을 섰다면, 자신의 말에도 성일과 같은 힘이 실렸을 게 아닌가?

첫 번째 웨이브를 오딘이 혼자서 해결했을 때 알아봐야 했다. 그러나 군인들로 조직된 집단의 발언력이 강했고, 때는 별세계에 뚝 떨어진 직후였다.

여기는 상식이 파괴되는 세상이라서 판단력이 흐려졌던 게 패착이었다.

어둠이 장막처럼 영역들을 구분 짓고 있을 뿐 아니라, 새로운 진입로가 열릴 때면 건재하던 건물이 증발하며 새로운 도로가 생성된다.

그런데 생각해 보면 상식이 파괴되는 일을 비단 여기에서만 겪은 게 아니었다.

사회에서도 그런 일이 있었다.

외계 문명의 침공이라는 대 이벤트 하에서, 세계 금융 시스템이 유지된 것 또한 기존의 상식으로는 이해될 수 없던 일이었다.

금융 시스템이 유지될 줄 알았다면 그렇게 급히 자산을 처분하지도 않았을 것이다.

상식과 어긋나는 일과 마주할 때마다 판단력이 흐려졌던 일은 돌이킬 수 없는 결과를 낳았다.

철영은 입술을 질끈 깨물었다.

'앞으로는 전과 같은 실수들을 반복해서는 안 된다. 제때제때 정확한 판단으로 어떻게든 살아남아서, 시작의 장

을 통과한 후를 기약하는 거다.'

그가 생각하기에도 세계 각성자 협회는 절대 권력이 될 가능성이 높았다.

돌아가서 그 조직에 줄을 설 날까지.

'기필코 살아남는다.'

이윽고 웨이브가 시작됐다.

* * *

철영은 속으로 소리 질렀다.

'잘난 척은 혼자 다 하더니! 죽을 거라면 진입로를 차단한 다음에 죽었어야지!'

웨이브는 다섯 개의 진입로 중에서 한 곳만 빼고 진행됐다.

진입로 네 개에서 몬스터들이 쏟아졌고, 사람들은 앞뒤로 고전 중이었다.

철영이 스킬과 인장 그리고 아이템의 활용성을 연구하고 최악의 시나리오를 대비했기 때문에.

선봉대와 비선봉대로 나누긴 했지만, 모두가 전투에 참여해야 한다는 철영의 결정 때문에 그나마 버티고 있는 것이었다.

하지만 앞뒤의 전선 중 어느 한쪽이라도 무너지는 순간,

곧 죽음의 물결이 시작되고 말 것이었다.

철영은 도망칠 구석을 찾기에 바빴다.

마을은 글렀다.

몬스터가 인육에 환장하고 있을 때, 어둠 경계면 너머로 도망치기로 마음먹었다.

원래 철영은 성일도 함께 데리고 도망칠 생각이었다.

하지만 성일은 후방 선봉대에서 이탈되어 그 부근 몬스터들에 둘러싸여 있었다. 비명과 고함을 연거푸 질러 대며 둔기를 휘둘러 대고만 있다.

몬스터 하나는 성일의 발목에 이빨을 틀어박은 채로 떨어지질 않는다.

그때 거짓말처럼 철영과 성일의 시선이 난장판 사이를 가로질러 맞부딪쳤다. 그 찰나에 성일의 눈빛에서 호소하는 감정이 진해졌다.

도와줘. 사람들을 보내 줘. 나를 여기에서 빼내 줘. 씨벌 제발! 철영 동상!

하지만 철영은 외면했다.

성일이 그쪽에서 몬스터들의 시선을 가장 많이 끌고 있기 때문이었다.

무엇보다도 성일이 몬스터들을 가장 많이 붙잡고 있는 시각은, 그가 시신으로 변할 때일 것이다. 그에게 몰려들어 있던 몬스터들이 그의 인육을 탐할 테니까. 그때 공간이 생긴다.

　'그때 도망치는 거다.'

　철영이 사람들에게 외쳤다.

　"버틸 수 있습니다! 오딘이 곧 옵니다! 물러서지 마십시오!"

　그러면서 배낭끈을 조였다.

　온갖 물자들이 들어 있는 배낭이다.

　정체불명의 어둠 지역에서 자신의 생존 가능성을 높여줄, 소중한 배낭!

　철영은 마지막으로 점검했다. 다시 보아도 후방에 위치한 경계면 너머로 도망칠 수밖에 없어 보였다. 전방은 그쪽 방향의 진입로 세 곳에서 몰려든 몬스터들로 더욱 바글거렸다.

　철영이 성일의 죽음을 기다리고 있을 때였다.

　[시스템이 수정 되었습니다.]

　[박스의 종류가 세분화 되었습니다.]

　[대상: 랜덤 스킬 박스, 랜덤 아이템 박스, 랜덤 인장 박스, 특정 능력 수치 박스, 특정 스킬 수치 박스, 특정 특성 수치 박스]

그런 것 따위는 아무래도 상관없다고 생각했다. 중요한 건 메시지가 뜬 잠시 이후부터 분위기가 반전되었다는 것이다.

몬스터들이 득실거리는 너머로 비명 소리가 거세졌다. 그리고 그것은 사람들의 비명 소리가 아니라, 몬스터들의 숨통이 끊기는 소리였다.

몬스터들이 너머의 시야를 막고 있긴 하지만 그래도 보이는 게 있었다.

화르륵!

화염이 이글거렸다. 두 눈을 부릅뜨고 또다시 출몰한 화염에 집중한 순간, 그것이 검이라는 사실을 깨달았다.

화염을 달고 있는 검이 시야 안으로 출몰할 때마다 몬스터들의 두 동강 난 시체들이 날아다녔다.

핏물이 사방으로 튀고 불에 타오르고 있는 내장 덩어리와 살점들 또한 아무렇게나 튀어 댔다.

"오딘이 돌아왔다! 오딘이 돌아왔어!"

전방의 몬스터들이 빠르게 줄고 있는 게 확실해졌다. 어느 순간부터는 오딘의 얼굴을 육안으로 확인할 수 있었다.

철영은 전방의 몬스터들을 일거에 정리한 오딘을 빤히 쳐다보았다.

정확히는 그가 사람들이 열어 준 길 사이를 걸어오는 모습에서 눈을 뗄 수 없었다.

오딘은 온몸이 피투성이였다. 다리를 절뚝거리며, 검을 들지 않은 한쪽 팔은 축 늘어져 있는 만신창이의 모습이었다.

가만 보니 그 팔로는 제 복부를 짓누르고 있었다. 길게 찢어진 상처에서 내장이 흘러나오는 것을 막고 있는 것이었다.

철영은 혀를 내둘렀다.

불타는 검을 쥔 채로 온몸에서 그의 피인지 몬스터의 피인지 알 수 없는 것들을 흘려 대는 모습 역시 가히 섬뜩하지만, 그보다 더욱 섬뜩하게 느껴지는 것은 저러한 상태로도 움직이고 있는 모습에 있었다.

이미 죽어 버린 시체가 움직이는 것 같았다. 흡사 좀비처럼······.

철영은 어떤 말도 못 한 채 길을 비켜섰다.

그가 자신의 옆을 스쳐 지나갈 때, 철영은 숨이 멎는 듯했다.

오딘은 후방의 몬스터들도 빠르게 정리했다. 전방의 전선에서 후방의 전선까지 걸어가는 속도는 느렸던 게 맞다.

후방의 전선에 참여하는 순간부터는 놀랍도록 빨라졌으니까.

공포 속에서 나타나, 공포스러운 힘으로 몬스터들을 압도했다.

본시 공포와 쾌락은 같은 선상에 있는 것이다. 철영은 오딘에게 공포를 느끼는 동시에 참을 수 없는 짜릿함을 느꼈다.

저거다.

저게 자신이 꿈꾸던 진짜 모습이다!

[퀘스트 '5차 웨이브'를 완료 하였습니다.]
[완료 보상으로 실버 박스를 획득 하였습니다.]
[보상으로 받을 박스를 선택 하여 주십시오.]

메시지가 떠 댔으나 철영은 그런 것 따위는 눈에 들어오지도 않았다.

오딘이 몬스터들을 끝내자마자 성일의 부축을 받으며 자신을 향해 걸어오고 있는 중이다.

오딘은 진입로를 사전에 차단하는 과정에서 죽지 않았다. 성일에게 말로만 들었던 공포스러운 힘을 동반한 채로 절체절명의 위기를 전율로 바꿔 놓았다. 그가 가까워지고 있다.

오딘과 성일이 대화를 주고받으며 걸어오고 있긴 하지만, 철영에게는 그 소리가 들리지 않았다.

오딘과 가까이에서 저렇게 긴밀한 대화를 나눌 수 있는 위치.

그것은 앞으로 철영 본인이 이뤄야 할 숙제였다.

철영은 빠르게 표정을 바꿨다.

온몸을 지배하고 있던 전율을 짓누르긴 힘드나, 얼굴에 힘을 주는 것으로 고통스러운 표정을 만들기는 어렵지 않았다.

사상자들을 안타까워하는 얼굴로, 오딘에게 고마움을 느낌과 동시에 오딘의 부상 또한 심각하게 여기는 얼굴로.

이윽고 오딘과 성일은 둘의 대화가 철영에게 들릴 만큼 가까워졌다.

"……죽이고 나면 내 곁에서 떨어지지 말아라. 내가 다시 깨어날 때까지 내 곁을 지켜."

"저 쓰벌 놈의 뚝배기는 내가 깨 버려도 되는디."

"그 힘마저 아끼고, 나와 내 물건들을 보호하고 있으란 거다."

"그려. 걱정 말어."

오딘과 성일은 걸어오는 내내 철영을 쳐다보고 있었다.

그러니 철영은 모를 수가 없었다. 누구를 죽인다는 것인지.

"잠깐 제 말……!"

스삿─

철영이 황급히 말을 완성시키는 속도보다, 선후의 몸에

서 튕겨 나온 칼날이 철영의 목을 베고 지나가는 속도가 훨씬 빨랐다.

＊　　＊　　＊

성일은 결국에 숨을 헐떡이면서 널브러져 버린 선후의 곁을 지키기 시작했다.

선후를 건물로 옮긴 후부터는 마을 사람 아무도 만나 주지 않았다. 성일은 선후의 몸에 묻은 핏물들을 조심스레 닦아 나가고 있었다.

'무슨 지옥을 겪고 오면 이렇게 되는 거여⋯⋯.'

아직도 목숨이 붙어 있는 게 용했다. 몬스터들에게 파먹힌 시신들을 여럿 보았어도, 선후는 살아 있기 때문에 더 끔찍해 보였다.

성일은 선후의 아이템들을 치워 주고 싶었다. 특히 붉은 망토.

선후의 몸에 묻은 핏물을 닦는 과정에서 붉은 망토 쪽으로 많은 핏물들이 미끄러졌으며, 망토가 접히며 만들어낸 굴곡마다 핏물들이 고여 있었다.

불타는 검에서 망토로 변환이 가능한 아이템. 반대로도 얼마든지.

그것이 검의 형상으로 휘둘러질 때마다 몬스터들은 화마 (火魔)의 희생양이 되었다.

성일은 그랬던 무시무시한 광경을 떠올리며 망토가 부착된 선후의 어깨 부분으로 손을 뻗었다.

"윽!"

성일의 입에서 외마디 비명이 토해졌다. 난데없는 속도로 선후가 손을 뻗어 성일의 손목을 움켜쥐었기 때문이었다.

성일의 허리는 그때 숙여졌다. 동시에 얼굴도 와락 일그러지며 고통을 호소했다.

몬스터에게 허벅지 살이 뜯어 먹혔을 때보다도 더한 고통이었다. 왜냐하면 그의 손목뼈는 더 이상 바스라질 수 없을 정도로 조각난 채, 손을 덜렁이게 만들고 있었기 때문이다.

성일은 본능적으로 선후의 손을 떼어 놓고 나서 한참을 몸부림쳤다.

그러면서 성일이 힐끗 쳐다봤을 때, 선후는 여전히 정신을 잃은 상태였다.

성일은 선후가 언젠가 주었던 마약성 진통제를 삼킨 이후에야 바스라진 제 손목을 긴급 처치할 수 있었다.

"안 건드려. 그러니까…… 푹 쉬라고. 씨벌. 뒈지는 줄 알았네."

[보상을 선택하여 주십시오. 미 선택 시 23시간 45
분 11초 후에 임의로 개봉 됩니다.]
[대상: 실버 박스 5개]

또 메시지가 떴다.

성일은 선후를 쳐다보았다.

여전히 망토와 장갑 등의 아이템들에 낀 이물질들과 핏
물이 신경 쓰이긴 하다만, 더는 건드려서는 안 될 것 같았
다.

정신을 잃은 상태에서도 경이로울 정도의 집착을 보이고
있지 않은가.

어쨌든 보상을 고를 수 있는 점은 희소식이다.

운발에 관해서는 특히 자신 없던 성일로서는 말이다.

왜 갑자기 시스템이 수정되었는지에 대해 고민하는 건
쓸모없는 짓이다.

'인도관 개잡놈이 꼴리는 대로 하는 것이겠지. 그래도
이번만큼은 마음에 드는구만.'

성일은 흥분하기 시작했다. 직전의 처절했던 전투나 고
통은 금방 잊혀졌다.

실버 박스 다섯 개.

오딘을 따라다닐 때 얻었던 골드 박스만큼은 아닐지라
도, 그것으로도 충분히 원하는 능력치를 얻을 수 있을 것이
다.

그러나 마음에 걸리는 게 있었다.

'남자는 힘인디…….'

근력을 최우선으로 올리고 싶다.

하지만 전투 도중에 느낀 것은 힘이 세다고 능사가 아니
라는 점이었다.

몬스터들은 둔기에 적중될 때마다 퍽퍽 터져 나가기 일
쑤였으나 어디까지나 적중됐을 때의 이야기였다.

수가 많을 때는 아무렇게나 휘둘러도 한 놈쯤은 맞기 마
련이었는데, 놈들의 수가 줄어들며 새로운 놈들로 채워지
기 전까지는 고전해야 했다.

그리고 골드 박스에서 얻었던 치유의 인장이 없었더라면
오딘이 도착하기 전에 필시 뒈졌을 것이다.

민첩한 몸놀림도 필요하고 다음 웨이브에서 쓸 인장도
필요하다.

놈들의 이빨로부터 다리를 보호해 줄 방어구도 필요하
다.

고민을 마친 성일은 육감을 일으켰다.

[실버 박스 '민첩'이 개봉 됩니다.]

[민첩이 11 상승 하였습니다.]

[민첩: F (47)]

"씨!"

성일은 순간 욱했다. 오딘이 친절히 가르쳐 줬고 자신도
여러 번 겪었다.

그래서 F 등급인 능력치의 수치가 실버 박스의 보상으로
떴을 경우, 최소 11부터 40까지의 능력치가 나온다는 지극
한 사실을 모를 수가 없었다.

'운도 지지리 없지. 천생이 그런 놈이 난디 어찌겠어.'

사실 전 여편네가 이혼 소송을 진행한 데에는 그 점이 한
몫했었다.

성격 차이야 생활비를 넉넉히 쥐여 주고 처갓집에도 잘
했으니까 그럭저럭 티가 나지 않았는데, 보증을 잘못 선 것
이 결혼 생활이 파탄 난 진짜 이유였다.

친구를 보증 서 준 것도 아니었다.

해 준 거라곤 낳아 준 것밖에 없으면서도 꼴에 엄마라고,
삼십 년이 훌쩍 넘는 세월 만에 나타나서는 보증을 요구했
던 바로 그 여자였다.

잘 굴러가던 사업은 하루아침에 망했으며 피땀 흘려 가며 마련한 단독 상가 하나와 집도 그때 날아갔다.

성일은 두 번째 상자를 열었다. 물론 이번에도 민첩이었다.

[민첩이 15 상승 하였습니다.]
[민첩: F (62)]

"정말 이러기여……."

[민첩이 11 상승 하였습니다.]
[민첩: F (73)]

[민첩이 19 상승 하였습니다.]
[민첩: F (92)]

어쩜 이렇게 운도 지지리 없을까. 네 번을 연달아 까서 20을 넘긴 게 하나도 없었다.

그래도 마지막 박스에서는 민첩의 다음 등급이 예정되어 있었다.

그때 성일의 시선이 선후에게로 다시 옮겨졌다.

끔찍한 부상을 입었음에도 영웅처럼 나타나 모두를 살려 낸 오딘.

성일은 생각했다. 당장 민첩을 올릴 수 있지만, 마지막 박스는 선후에게 도움이 될 것으로 까야겠다고.

자신이 살면서 누려 본 최고의 행운이 그의 눈앞에 쓰러 져 있었다.

[실버 박스 '인장'이 개봉 됩니다.]

[인장 '바위' 를 획득하였습니다.]

성일의 얼굴이 실망감으로 젖었다. 간절히 바랐지만, 치 유의 인장은 나오지 않았다.

"미안혀. 오딘."

그때였다.

똑똑.

창밖에서 누군가 창을 두드렸다.

이수아.

마을에서 몇 안 되는 힐러!

왜 그 생각을 못 했을까, 성일은 화색을 띠고 뛰어나갔 다.

*　　　*　　　*

"뭐?"

"아저씨 몫으로 분배되는 마석이 많아요."

"다시 말해 봐."

성일의 목소리가 사나워졌다. 수아는 주눅이 든 얼굴로 대답했다.

"오딘의 것에서 손대기 어려우시다면, 아저씨 몫을 떼어 달라는 거예요."

"다른 사람도 아니고 오딘이여. 그깟 치료 하나 못 해 준다는 거여?"

"못 해 준다는 게 아니라요. 아저씨, 시장의 법칙이란 게 원래 그래요. 수요는 많은데 공급이 적잖아요."

"읏."

성일이 신음을 뱉었다. 저도 모르게 양손에 힘을 주었던 탓에 부서진 손목 쪽에서 통증이 일었다. 그때만큼은 진통제도 소용이 없었다.

"오딘이 그짝들을 위해서 뭘 해 줬는지 몰러? 꼭 돈 계산을 해야 쓰겄어?"

성일은 눈빛만으로 수아를 죽일 기세였다. 수아는 그런 성일이 두려울지언정 물러서지 않았다. 아니, 물러설 수 없었다.

언제 끝날지 모를 이 생존 게임 안에서 살아남기 위해서 갖춰야 할 것은 분명했다. 지금이 분기점이 될 것 같았다.

물론 오딘을 무상으로 치료해 줘서 얻는 이점을 계산해 보지 않은 게 아니다.

혼자서 사태를 정리할 수 있을 만큼 강한 남자인 게 오딘이고, 그의 환심을 살 수 있다는 확신만 있다면 얼마든지 그럴 수 있었다.

처음에는 그러려고 했다.

그러나 평소 오딘이 사람들을 바라보던 시선과, 사태를 정리한 후 갑자기 철영을 죽여 버렸던 일을 곱씹으면서 마음이 달라졌다.

혹 아이템 때문이 아니었을까? 철영이나 다른 누군가가 사람들을 규합하여 본인의 아이템을 노릴까 봐? 그래서 경고로?

그렇지만 그런 이유 때문이라면 철영뿐만 아니라 모든 사람을 그 자리에서 몰살해야 했다.

오딘은 그만한 능력도, 또 사람 하나 죽이는 것을 아무렇지 않게 생각하는 살인마 같은 부분도 있는 사내였는데, 그는 그렇게 하지 않았다.

거기에 수아는 오딘이 마석을 통용시키기 시작한 점과 그 때문에 보다 적극적으로 변한 마을 사람들의 모습을 보태서 계산했다.

그렇게 모든 점을 통틀어서 수아는 한 가지 결론을 얻었다.

자신의 생각이 틀림없다면, 오딘은 비교적 합리적인 사람이다.

그가 세계 각성자 협회의 일원이기 이전에 직업이 있었을 텐데, 그 직업은 자신처럼 금융 계통이지 않았을까. 혹은 사람을 다루는 어느 경영자의 신분이었거나?

틀림없는 건 오딘 덕분에 사람들이 적극적으로 변하기 시작했다는 것이다.

누구나 꺼려 하는 몬스터 시체를 치우는 일에도 마석이 걸리자 사람들은 앞다퉈 나섰다. 소수의 힐러들은 자신의 부상을 돌보기도 바쁜데 마석 때문에 기력을 아끼지 않는다.

'이걸 오딘이 선의(善意)로 의도한 거라면…… 그런 거라면…….'

"아가씨 이름이 수아 맞지?"

"맞아요."

"욕심 때문에 눈이 멀었나 본디. 우리는 지금 오딘의 부상을 두고 이야기하는 거여."

"그래서 죽었나요? 아저씨는 오딘과 여기에서 처음 만났죠?"

"그래서 어찌라고. 이러면 그짝에게도 하나 좋을 게 없어. 바보여?"

수아는 성일의 둔기가 움직거릴 때마다 심장이 벌렁거렸다.

더는 사람의 시신을 보고 놀라지 않는 무법 지대.

자신이 성일의 둔기에 맞아 죽는다고 해도, 마을 사람들 중 누구도 나서지 않을 것이다. 철영의 목이 날아갔을 때 보였던 반응과 똑같겠지.

수아는 긴장된 목소리로 대답했다.

"오딘은 무상으로 치료받길 원하지 않을 거예요."

그녀는 도박하는 기분이었다. 확신이 크지 않지만 상사의 닦달에 의해, 어쩔 수 없이 큰 리스크를 감수해야 할 때 느낀 것과 비슷한 기분.

그때는 성과금과 인사 고과가 보상으로 걸렸고, 지금은 생존 가능성이 보상으로 걸렸다.

수아는 오딘의 환심을 살 수 있다는 확신만 들면 무슨 일이든 할 각오가 되어 있었다. 목숨보다 더 큰 보상은 없으니까.

"아가씨가 오딘의 머릿속에 들어갔다 나와 봤어? 그리고 이게 왜 무상이여. 오딘이 그짝들 목숨 다 구해 줬는디. 말도 안 되는 말 씨부리지 말고, 그려. 마석 달라고 했지? 다 가져가. 씨벌."

"아니요. 열 개만 받을게요."

그러며 수아는 생각했다.

'이게 맞아야 할 텐데……'

*　　*　　*

수아는 치유 스킬이 충전될 때마다 곧바로 시전하고 있었다.

그녀는 오딘이 그렇게 강인한 능력을 거머쥔 방법보다도 사회에서의 모습이 궁금했다. 오딘이 세계 각성자 협회의 일인이라는 데에는 의심할 여지가 없었다.

그들은 이전부터 외계 문명의 침공과 시작의 장을 준비해 왔으니까.

하지만 오딘이 사회에서 금융 계통이나 경영 쪽 인사였을 거라는 생각에는 균열이 가기 시작했다.

가까이서 제대로 본 오딘은 이십 대 초반의 어린 남자였기 때문이었다.

나이가 너무 적다.

'지금에라도 잘못 생각했다고 해야 하는 게 아닐까. 오딘이 마석을 통용시킨 의도를 확대 해석한 거라면…… 나 완전 나가리 되는 거야.'

수아가 성일을 힐끔 쳐다보았다. 그는 피곤에 찌든 기색이지만 두 눈을 부릅뜬 채 자신에 대한 경계를 늦추지 않고 있었다.

"아저씨는 주무셔도 되요."

수아가 말했다. 그녀도 긴장이 꺼지며 몸이 무너지기는 마찬가지였다.

"그짝의 뭘 믿고."

"서로 믿어야죠. 이런 시기에는 더욱이나."

"니미."

성일은 욕을 한 바가지 퍼부으려다가 그만두었다. 그렇지 않아도 이기적으로 구는 수아의 모습에서 철영이 계속 생각나고 있었다.

참 좋게 보고, 내심 정이 많이 가던 동상이라고 생각했는데……

정작 위태로운 순간에는 자신을 외면했다. 생각해 보면 철영은 전투 당시 내내 안전한 중심부에서 떠나질 않았다.

그때는 누구도 그걸 이상하게 보지 않았다. 마을의 리더가 소대장처럼 개죽음을 당하는 건 원치 않는 일이었기 때문이었다.

하지만 철영의 진짜 얼굴을 본 성일로서는 욕만 나오는 일이었다.

지 혼자 살겠다고 그러고 있었던 거다. 철영이 배낭끈을 졸라매던 모습이 성일의 뇌리를 스쳤다.

"되도 않는 말만 번지르르한 게, 그짝도 쓰벌놈하고 똑같어."

"……."

"철영 그 개 쓰벌놈. 어떻게 뒈졌는지 알지? 그 새끼처럼 굴면 여자라고 해도 안 봐줄 줄 알어. 치료에나 집중혀!"

"철영 씨가 뭘 잘못했었나요?"

수아가 모르는 척 물었다.

*   *   *

모두에게 위험을 전가시켜 놓고서 도망칠 기회만 엿보고 있던 놈이다. 매력적인 미소와 능숙한 거짓말로 사람들을 속였던 놈이다.

강도짓을 할 수도 있고 아닐 수도 있지만, 화근을 남겨둘 수 없었다.

하지만 지금껏 경험상 그럴 가능성이 높았다. 그런 놈들은 자기의 이익을 계산하는 데 아주 능하며 행동에 주저함이 없다.

자신을 죽이고 아이템을 강탈해 가는 게 이득인지, 그저 퀘스트 보상만 챙기는 게 이득인지 계산하다가 쉽게 결정을 마쳤을 것이다.

아이템을 강탈하기로.

신의 이름이 달려 있는 아이템들이 범인을 용장으로 만들어 준다는 걸, 아이템 정보 창을 보자마자 깨달았을 테니까.

선후는 정신을 잃기 전에 봤던 마지막 광경을 떠올리며 눈을 떴다.

"수아예요. 이수아."

선후는 눈앞의 여자보다도 준비 시간부터 확인했다.

다음 웨이브가 시작되기까지 시간이 많이 남아 있었다.

원래는 웨이브가 그렇게 짧게 끝나지 않는다. 몇 날 며칠을 끄는 일도 빈번했다.

모두가 건물에 틀어박힌 채로 처절한 저항 혹은 효과적인 대항을 하면서 말이다.

그렇게 다른 무대에서는 지금도 웨이브를 방어하고 있을 것이다.

졸음으로 가득했던 성일의 눈도 번쩍 떠졌다.

"이짝이 치료해 줬어."

선후는 성일의 목소리에 돋아 있는 가시를 느꼈다. 수아가 먼저 입술을 열었다.

"하지만 대가를 받고 한 일이었어요."

"얼마나?"

"마석 열 개요."

"하루 종일 매달려서 받은 값으로는 적당하군."

성일은 둘의 대화를 어이가 없다는 듯이 바라보았다. 지금까지 선후가 보여 줬던 모습으로 보건대 크게 분노하지는 않을지라도, 나쁜 기분만큼은 그대로 드러낼 줄 알았다.

하지만 기분이 나빠 보이기는커녕 흥미로운 눈빛을 띠고 있는 것이었다.

"네가 새로운 리더냐?"

"아니요."

수아는 애초에 그렇게 되고 싶은 마음도 없었다. 새로운 리더로 누가 선출되든, 오딘과 같은 영역에 있는 이상 허울일 뿐이다.

수아는 선후에게 마을이 돌아가는 상황을 들려주었다.

철영의 짧은 치하 동안에 갖춰졌던 시스템이 고스란히 이어졌다.

마을 기금으로 거둬들인 20%의 마석이 바로 그러한 것인데, 그 마을 기금을 관리하기로 한 열 명의 자치회가 따로 조직되면서 마을의 큰일 또한 주관하기로 협의되었다는 것까지였다.

"오딘이 처치하신 몬스터들의 마석은 여기로 옮겨 뒀어요."

수아는 건물 안에서 창고로 쓰이는 방을 눈짓하며 말을 마쳤다.

"참고로 그 분량이 많아서 일손이 많이 필요했어요. 그들에게는 마을 기금에서 자체적으로 마석 하나씩을 배분했고요."

"그건 돌려주지."

수아의 두 눈에서 이채가 감돌았다.

줄곧 조마조마하던 그녀의 심장은 도리어 빠르게 뛰기 시작했다.

선후의 차분한 대응에서 그녀는 성공을 직감했다.

틀림없었다.

마석에 어떤 효용성이 있어서가 아니라, 오딘이 의도적으로 마석을 화폐 대용으로 통용시키고 있는 거였다.

'아……'

오딘은 혼자서도 얼마든지 살아남을 수 있는 능력자인데다가, 첫 웨이브 당시에 마을 사람들은 오딘의 목숨을 저울질하기도 했었다.

그런데도 오딘은 마을 사람들을 남모르게 챙기고 있던 것이다.

화폐 통용.

언젠가는 자연히 일어날 일이지만, 오딘이 직접 나서서 시간을 줄였다.

마석이라는 통화를 만들고 식량과 물을 연계시켰기 때문에 금본위제(金本位制)가 아니라 생본위제(生本位制)라고 불러야 마땅한 일이다.

중요한 것은 오딘의 방법이 통했고 그것이 사람들에게 활력을 불어넣었다는 점에 있었다.

그건 정말이지 선의에서 나온 행동이라고밖에 볼 수 없었다.

'사람의 목숨을 아무렇지 않게 취할 수 있는 것과는 달리 선량한 심성을 가졌구나. 다행이지.'

추측이었던 것들이 사실로 변했다.

그렇기 때문에라도 이 강한 남자의 곁에 있어야겠다는 수아의 생각은 더욱 단단해졌다.

몇 마디를 직접 나눠 보니 나이 차가 느껴지지 않았다. 오히려 상사를 대하는 느낌이 강했다.

선후도 뜻밖의 시선으로 수아를 바라보고 있었다. 대가를 받고 치료했다니. 보통 강단으로는 그럴 수가 없지 않은가.

마석이 곧 돈이고, 거기에 욕심이 일어서 대가를 바랐다는 것은……

정말로 멍청한 짓이다.

선후가 볼 때에 수아는 그런 여자로 보이지 않았다.

그러던 그때, 선후가 발견한 것이 있었다.

선후가 수아의 한 손을 잡았다.

직전의 웨이브에서 얻었던 상처들은 다 재생됐기 때문에, 각성 이전에 굳은살로 박여 있던 부분들이 도드라져 보였다.

엄지손가락 옆과 집게손가락 끝쪽.

'그럼 그렇지.'

그쪽의 굳은살들은 금융 전쟁의 실전에 배치된 자들만이 가지고 있는 거다.

수아는 선후가 자신의 굳은살을 살펴보는 걸 보며 화색이 된 얼굴로 물었다.

"여의도에 있었어요. 대후 증권. 오딘도 동종 업계에 있었죠?"

"그래."

"여의도에서요?"

"더 시티."

"실례지만 나이를 물어봐도 될까요?"

"내가 동안이야."

"전 서른셋이에요."

그러면 안 됐는데, 수아는 들떴다.

같은 직군에 있었던 사람과 대화를 나눴던 것이 정말로 오래된 예전인 것 같았다.

그녀에게는 지난 며칠이 수년처럼 길었다.

*　　　*　　　*

선후는 축객령을 내리지 않았다. 그 점이 성일에게는 참 이상했다.

사람들을 그다지 좋아하지 않는 오딘이 수아가 청하는 대화에 꾸준히 응하고 있었다.

'맞어. 오딘도 펀드 매니저였지? 그나저나 이제 자도 될 것 같은디.'

성일은 선후가 건재하다는 것을 확인한 이후부터 졸음이 쏟아졌다.

둘의 대화가 점점 멀어져 간다.

"나는 텔레스타 인베스트먼트에 있었지."

선후의 대답에 수아의 두 눈이 휘둥그레졌다. 텔레스타 인베스트먼트는 수아가 그토록 염원하던 투자 회사였다.

텔레스타 인베스트먼트의 수장, 제시카.

월가에서 소모품이라고 얕잡아 표현되던 여성 금융인들

의 입지를 일거에 끌어올린 인물이었으며, 수아의 롤모델이기도 했다.

그래서 수아의 소중한 휴가 일정은 제시카가 주최하는 강연 일정에 맞춰졌으며 휴가 장소는 언제나 런던과 뉴욕이었다.

수아는 자신이 별세계에 들어왔다는 사실을 잊어버렸다.

콘크리트로 지어진 건물 안인 데다가, 눈앞에 롤모델이 지휘하는 투자 회사에 재직했던 인물이 있었기 때문이었다.

둘의 대화는 좀처럼 끝나질 않고 이어졌다.

어느 순간부터였을까?

수아는 인터뷰를 받는 느낌이 강했다. 지나고 나서야 깨달은 것인데, 들뜬 마음에 가정사와 성장 과정까지 다 풀어버렸다.

그러면서 드는 생각 하나는 텔레스타 인베스트먼트의 인터뷰 과정이 지금처럼 자유로운 분위기에서 진행됐더라면, 자신은 이 사달이 일어나기 전에 이미 오딘과 동료가 됐을 수도 있었을 거라는 것이었다.

수아는 이제 자신의 이야기는 그만하고 오딘의 이야기를 듣고 싶었다.

이 불가사의한 남자가 살아온 이야기를 말이다.

그런데 오딘의 질문이 하나 더 튀어나왔다.

"그날에도 회사에 있었나?"

"그날이요?"

"시작의 날."

수아는 많은 매스컴에서 외계 문명이 침공한 첫날을 '시작의 날'이라 명명한 것을 떠올렸다.

"야근하고 있었어요."

수아에게도 그날은 절대 잊을 수 없는 날이었다.

외계 문명의 침공 때문에?

아니다.

이 남자의 불가사의함만큼이나 그날 상부에서 떨어진 지침도 불가사의했기 때문이었다.

그 지침은 지나고 나서야 납득되는 것이지, 당시에는 뇌가 개똥으로 채워져 있지 않고서는 있을 수 없던 명령이었다.

속옷까지 내다 팔아야 할 때에 도리어 사들이라니?

그 이전에…….

"생각할수록 정말 이상한 일 아니에요?"

수아는 그 날을 회상하며 말했다.

"컨틴전시 플랜(Contingency plan)을 발동시키지 않은 덕분에 금융 시스템이 역으로 온전할 수 있었어요. 하지만 원래대로라면 발동했어야 했죠."

그게 정석이었다.

컨틴전시 플랜을 발동시켜 모든 금융 시스템을 강제로 막아 둬야 했었다.

외계 문명의 침공이라는 사상 최악의 악재에 대항할 방법이라곤 그것밖에 없었다.

그런데 전 세계의 금융 시장 중 어느 한 곳도 컨틴전시 플랜이 발동된 곳이 없었다. 그렇게 하기로 세계 국가들의 합의가 사전에 있었던 게 틀림없었다.

이러나저러나 망하는 건 똑같을 테니까?

그리고 그 날부터 수아는, 사상 최대의 금융 전쟁을 목도했다.

전 세계의 자본들은 '사자'와 '팔자' 두 세력으로 나뉘어 며칠간 서로의 목을 노렸다.

다시는 보지 못할 사상 최대의 거래량.

그래프는 평소 다루던 단위를 훌쩍 뛰어넘어 버렸다.

수아는 양손으로 제 몸을 감쌌다.

그 전쟁이 끝난 후에 느꼈던 희열이 다시금 떠올라, 지금도 온몸을 떨리게 만들고 있기 때문이었다.

그날을 한마디로 정의하자면 '인류의 승리'였다.

'사자' 측이 '팔자' 측과의 내전에서 승리하였고, 그렇게 외계 문명이 전 세계의 금융 시장에 가져온 공포를 증발시켰다.

인류 문명은 예전과 다름없이 잔존하게 된 것이었다.

맞다.

그날 수아는 어떤 섹스로도 느낄 수 없었던 오르가즘을 처음으로 느꼈다.

수아의 입술이 뻐끔거렸다.

그녀는 그날을 떠올리는 것만으로도 말이 제대로 나오지 않았다.

* * *

더 이상 대화를 이끌어 갈 필요가 없어졌다. 부르르 떨며 말을 잇지 못하는 수아의 모습이 곧 선후가 듣고 싶어 했던 대답이었다.

시작의 장에 들어오며 가지고 들어왔던 A급 인장을 전부 쏟아붓고, 역경자까지 터트린 끝에야 간신히 제단을 파괴하는 데 성공했다.

만일 승리 조건이 오로지 적군의 전멸로만 명시되어 있었다면 자신은 거기서 끝이었다.

박살 나 버린 관제의 언월도와 같은 운명이었을 거란 말이다.

지금 당장은 그럴 생각이 없지만, 결국에는 공격대원들이 필요했다.

도전자 퀘스트를 도와줄 공격대원들. 최소한의 파티원이라도.

'적당히 영악한 것은 도움이 되지. 그날 도망치지 않고 세계의 금융 시스템을 구제하며 느낀 바도 있던 것 같고. 하지만 조금 더 지켜보자.'

정장 입은 독사들은 분간하기 어렵다. 자신을 매력적으로 꾸미는 데에도, 상대가 원하는 모습을 보여 주는 것에도 능하다.

그런 치들은 목숨이 코앞에 걸린 순간에나 진짜 얼굴을 드러낸다. 금융인, 정치가, 사업가. 세 분류의 사람들 중에 그런 작자들이 많다.

선후가 말했다.

"이제 돌아가 봐. 가는 길에 전에 말했던 마석들도 가져가고."

수아는 정신이 퍼뜩 들었다. 선후는 단호하게 문밖을 가리켰다.

그녀는 말없이 자리에서 일어났다.

아쉽긴 하지만 좋은 인상을 심어 주는 데 성공한 것 같았다. 도박은 성공했고, 더할 나위 없이 좋은 조건은 이전에 같은 업계의 사람이었다는 것이다.

달라지지 않았다면 웨이브는 10차까지 진행된다.

그때가 오면 부상 시에 아이템 걱정을 하지 않을 수 있을 것이다. 전투력도 비약적으로 상승한다.

일단 선후는 도전자 퀘스트를 머릿속에서 지웠다.

바꾸고 싶은 시스템이 한둘이 아니나 당분간은 진행하기 어려웠다.

확신하건대, 시스템에 수정을 요구하는 정도에 따라서 퀘스트의 난이도가 상승할 거다.

'정령을 정상화시키려면? 그건 몇 개의 공격대가 필요한 난이도일지도 모르지.'

어찌 됐든 가장 손보고 싶은 시스템을 수정하는 데 성공했다.

아이템과 새로운 스킬이 더는 필요 없는 선후로서는, 이후 보상들을 모조리 지금의 능력치 및 최우선 종목들을 성장시키는 데 쏟아붓기만 하면 되는 것이었다.

더불어 다른 각성자들도 보다 빠르게 성장하며 생존 가능성이 높아질 테고.

선후는 배를 채운 다음 건물 밖으로 나섰다.

아니나 다를까.

도로 한편으로 좌판이 만들어져 있었다. 선후의 입가에 작은 미소가 그려졌다.

모두의 시선이 선후에게 쏠리는 가운데 선후는 좌판 앞의 피켓들을 읽으며 걸음을 유지했다. 이윽고 선후의 발걸음이 좌판 하나 앞에서 멈춰 섰다.

　「인장 팔거나 매입합니다. (신속, 치유, 갈까마귀, 속박. 판매 가능) 」

　"치유의 인장 얼마입니까?"

Chapter 5.

8차 웨이브까지 단 다섯 명의 사망자만 발생했다.

선후가 네 개 이상의 진입로를 사전에 차단한 후에 마을 사람들과 합류한 것도 컸지만, 마을 자체적으로도 전투에 익숙해진 것이 한몫했다.

몬스터 시체를 치우고 마석을 분배한 뒤에 작은 추모식이 열렸다.

그런 후에 좌판 거리가 형성되었다.

거기는 더 이상 상거래 목적만을 띠지 않았다.

긴장과 슬픔 그리고 스트레스를 해소시킬 수 있는 창구로서의 역할도 가지고 있었다.

과연 자본주의 치하에서 살았던 사람들이라, 선후가 깔아 준 판을 능숙하게 활용하기 시작한 것이다.

비록 생목소리로 부르는 트로트일지라도 잘 부르기만 하면 마석을 벌 수 있었다. 화투나 카드 게임에 능하다면 한 몫 단단히 벌 수도 있었다.

특히 물자들의 시세를 빠르게 읽는 눈을 가진 사람이라면 쉼 없이 발품을 팔아, 배낭 안을 마석으로 가득 채울 수도 있었다.

주판석이 바로 그런 사람이었다.

마을의 자치 위원이기도 한 그는 한 가지 고민이 있었다.

오딘을 제외하고는, 본인이 가장 부자라는 사실이 사람들에게 알려지면서 시작된 고민이었다.

실제로 간밤에 그의 집에 침입한 도둑들이 있었다. 사전에 마석을 주고 경호 인력을 사 뒀기에 망정이지 다 털릴 뻔했다.

그 일을 겪은 후 주판석은 마음이 바뀌었다.

"경찰을 조직하면 될 거 아녀. 그것도 아니면 사람을 더 사든가."

성일이 대꾸했다. 장소는 가장 큰 웅덩이가 발견된 쪽의 경계면에서였다.

성일이 그쪽으로 보낸 사람들이 돌아오길 기다리던 중에, 주판석이 접근한 거였다.

"혹시 오딘에게 도둑을 잡아 달라는 거라면 말도 꺼……."

"그 정도 눈치도 없을까 봐."

"그럼 뭔디."

"동생이라면 이해해 줄 것 같아서 하는 소린데 말이야. 헤휴. 사람들을 믿을 수 있어야지. 사람들 더 고용하는 것도 신경 쓸 게 이만저만이 아니야. 사람 다루는 게 가장 어려운 거니까. 정작 돈은 돈대로 빠지고 잠도 제대로 못 자지."

"뜸 들이지 말고 후딱."

판석은 지금까지 있었던 일들을 솔직하게 털어놓았다.

사람들이 보내오는 시선들에 대해서 말이다. 최근 들어 선봉에 꾸준히 서 왔던 사람들이 보내오는 시선들이 날카로워지기 시작했다며.

성일은 판석의 무장 상태를 살펴봤다. 인장이야 볼 것도 없이, 그의 가슴에 여덟 개가 가득 차 있을 테지만.

정작 판석의 무장 상태는 알려진 그의 부에 비해서는 조촐했다.

성일의 시선은 판석이 메고 있는 큰 배낭으로 향했다. 거기에 아이템과 마석이 가득할 것이다.

"무겁지도 않아?"

"그래서 하는 말인데, 동생이 내 돈을 맡아 줄 수 없나?"

"형님 돈을 내가 왜."

"보관료는 톡톡히 줄게. 잠 좀 편히 자고 싶어서 그래. 죽겠어. 아주."

판석이 그의 마석을 가장 맡기고 싶은 사람은 단연코 오딘이다.

그러나 오딘에게는 말도 붙일 수 없는 상황이라서 차선책으로 성일을 찾았다.

성일이 오딘을 제외하고는 가장 강한 남자이기도 하고, 그는 오딘과 같은 건물에서 머물고 있었다. 오딘이 머물고 있는 건물만큼이나 안전한 곳이 있을까.

"내가 다음 웨이브에서 뒈져 버리면 어쩌려고. 그때 가서 오딘에게 주절주절 대려고? 오딘 좀 가만히 내버려 둬."

"아니. 그 정도 위험은 내가 감수해야지."

그때 경계면에서 성일이 보냈던 사람들이 나타났다. 그들이 짊어진 짐꾸러미는 식량과 물로 가득했다.

"이따가 다시 얘기 혀."

＊　　　＊　　　＊

"거절할 게 뭐 있어. 이자 쳐서 돌려 달라는 것도 아닌데."

선후는 재밌다는 듯이 웃었다.

"해?"

"그런 것까지 나한테 물어볼 것 없어."

"그 형님 생각이야 뻔하지 않어? 날 보고 그러는 것이 아니라 네 덕 좀 보자는 거여."

"본인 입으로 네게 맡기는 위험을 감수하겠다고 했으니까."

"했으니까?"

"네가 나하고 결별하는 것도 그 위험 중에 하나인 거지."

"섭섭하게 말하는 데는 도사구만."

"할 거면 수아하고 같이해 봐. 어차피 좁은 바닥이다. 이 야기는 금방 돌지. 다른 사람들도 네게 마석을 맡기려고 할 거다."

"그…… 렇게 되는 거여? 그런디 그 아가씨하고 같이해 보라고?"

"도와줄 사람이 필요하니까. 이번 한 번만으로 끝낼 거라면 부를 필요도 없고."

성일도 마석이 필요하긴 마찬가지였다. 창고로 쓰이는 방에 많은 마석이 굴러다니지만 그건 어디까지나 오딘의 것이었다.

성일은 좌판 거리에서 수아를 찾았다. 거무튀튀하게 색이 변질된 그것은 붉은 물감이 아니었다. 사람 피인지 몬스터 피인지 모를 것으로 큼지막하게 그려 놓은 적십자 마크가 있었다.

"또 오셨네요. 그 사이에 다치셨어요?"

"할 거면 그짝하고 동업하는 게 좋겠다고 하는디?"

"오딘이요? 그런데 뭐를요?"

수아가 두 눈을 빛내며 반문했다. 5차 웨이브 당시에 오딘과 만났던 이후로 줄곧 지금을 기다려 왔었다. 오딘이 불러 주기를.

성일의 설명을 들은 수아는 다시금 확신했다. 역시 오딘은 이 좁은 무대에서 경제 활동이 활발하게 일어나길 바라고 있는 거였다.

수아가 생각건대, 오딘은 마석을 통용시킬 때부터 이런 순간을 염두에 두고 있었다.

중세 유럽에서는 금이 화폐의 역할을 했다.

금은 기본적으로 이동과 보관이 어려워서, 사람들은 금을 전문적으로 취급하는 금세공업자들에게 이를 맡기기 시작했다.

금 세공업자들은 보통 검으로 무장한 하인뿐만 아니라 튼튼한 금고를 보유하고 있었으니까.

그것이 은행의 기원이다.

거기까지 생각이 미친 수아의 표정이 어두워지기 시작했다.

'언제 끝나는 거지. 여긴……'

지금 무대가 1막 1장이라고 명시된 것부터가 지금은 시작에 불과한 것이었다.

하물며 세계 각성자 협회의 일원이기도 한 오딘이 이 무대에 경제를 부흥시키려 하는 것까지 보면, 모르긴 몰라도 꽤나 오랫동안 지속될 것 같았다.

오딘은 장기적인 안목에서 일을 진행시키고 있기 때문이다.

"왜?"

"아녜요. 보관료는 받지 않는 게 좋겠어요. 대신 우리는 맡긴 마석을 자체적으로 운용할 수 있는 권리만, 확실히 해두는 거예요."

"은행하고 다를 바가 뭐여. 나는 창고업을 말하는 거였는디."

"맞아요. 아저씨. 더 큰돈을 벌고 싶지 않으세요? 인장 다 쓰시지 않으셨어요?"

"그렇긴 한디…… 그나저나 언제까지 아저씨라고 할 거여. 그짝하고 몇 살 차이 나지도 않어. 앞으로는 오빠라고 불러. 알겠어?"

"그럴게요. 나머지는 제가 준비할게요. 오빠."

"난?"

"오빠는 서명하고 손도장을 찍기만 하면 돼요. 그러고 보니 손이 참 크시네요."

"남자는 손이 커야지. 하지만 잊지 말어."

"……철영이요?"

"그짝을 썩 좋게 보고 있는 게 아니니까."

*   *   *

"그러니까 은행이네요?"

판석이 감탄하며 말했다. 자신은 그저 마석을 안전하게 맡기고 보관료를 낼 생각이었는데, 상대는 아예 은행을 차렸다.

중세의 금 세공업자들이 고객들에게 준 보관증이 사람들 사이에서 금 대신 거래되기 시작했던 것이 곧 화폐의 근원이었다.

하지만 수아는 그 과정을 생략했다. 중세처럼 막 시작한 단계가 아닌 이상, 사람들 모두는 은행 시스템이 돌아가는 메커니즘을 잘 알고 있었다.

과정을 생략한 데에는 자연히 생겨날 분란을 차단하려는 까닭도 있었다.

그래서 맡긴 마석을 자체적으로 운용하겠다는 계약서를 준비한 것이다.

판석은 수아가 내민 계약서를 바라보았다.

사회에서 은행 계좌를 개설할 때는 계약서의 한 문장도 확인한 적이 없었지만, 그때와는 달리 계약서가 한 장인 데

다가 문장도 많지 않았다.

요는 보관료를 받지 않는 대신 마석을 운용할 수 있는 권리에 있었다.

계약서를 보고 있는 판석에게 수아가 말했다.

"우리도 조금씩이나마 적응해 나가고 있는 것 같죠?"

판석은 고개를 끄덕였다. 시장이 생기고 은행이 만들어졌다.

당장 이 무법 지대에 떨어졌을 때에는 어떻게 살아 나가야 할지 막막했었는데, 이제는 다음 웨이브가 두려울지언정 해야 할 일들이 생겼다.

판석은 어쩐지 북받쳐 올랐다. 그동안 억눌러 왔던 뭔가가 가슴 깊은 곳에서부터 일시에 치솟아 오른 듯한 기분이었다.

판석이 갑자기 눈물을 글썽이며 코를 훌쩍이자, 성일도 덩달아서 코를 훌쩍이기 시작했다.

"아따 더는 짜지 맙시다. 그래서 맡길 거요?"

"내 돈은 언제든 찾을 수 있겠지?"

"그럼요."

이번에는 수아가 대답했다. 그녀는 오딘의 눈치를 봐서 시장 경제에 끼어들지는 않았지만, 물자들의 시세 변동은 꾸준히 주시하고 있었다.

그녀가 판단할 때에, 판석이 맡긴 분량이라면 한 번에 찾아갈 일은 전무했다. 여기에서도 이전의 룰이 이어진다.

많이 인출해 봐야 10%.

예치금의 10% 이상을 보전하고 있으면 은행에 문제될 일은 없다.

그러는 한편 수아는 짧은 시간 안에 이 많은 마석을 벌어들인 판석의 수완을 대단하게 생각했다.

그녀도 좌판을 열어 치료를 팔고 있었으니, 그동안 판석이 얼마나 열심히 동분서주하고 다녔는지를 알고 있었다.

판석은 가장 활발한 거래상이었고 마을의 아이템과 인장들은 그의 손을 거치지 않은 게 없었다.

"내가 먼저 말을 꺼냈고 이렇게까지 준비해 왔는데, 이제 와서 물릴 수는 없겠죠. 나는 내가 원할 때 내 돈을 찾을 수 있기만 하면 돼요."

오딘의 심복 성일과 몇 안 되는 힐러이자 영리한 아가씨 수아.

판석은 둘을 쳐다보며 결정을 내렸다. 어차피 저 둘의 뒤에는 오딘이 있다.

"여기에 서명하면 되나요?"

"서명도 하고 형님 손도장도 찍고."

판석의 시선이 성일에게로 돌아갔다.

"그래?"

"번지지 않게 잘 찍어."

판석이 손도장을 찍고 있을 때 수아가 설명을 붙였다.

"앞으로는 계약서가 통장을 대신하게 될 거예요. 필요할 때마다 뒷장을 붙이는 식으로 진행될 텐데, 몬스터 가죽을 쓰게 될 거예요."

"종이는 귀하니까? 그건 그렇고 도둑맞으면 어떻게 되는 거죠?"

"피차 얼굴을 알고 있잖아요. 지급되는 일은 없을 거예요. 그래도 관리를 잘하셔야 해요. 지금에야 서로 얼굴을 알지만, 만약 사람이 더 늘어나면 또 모르잖아요."

"더 늘어나요?"

"지금은 1막 1장이잖아요. 아마도 그렇지 않을까요?"

"우리가 여기에 떨어졌듯이, 다음 장에서도 그런 일이 생길 수 있지 않아요? 뿔뿔이 흩어져서 새로운 무대로 이동된다거나 하는 식으로."

판석은 본인이 말해 놓고도 끔찍한 이야기라 인상을 찌푸렸다. 이제야 자리를 잡았는데.

"그건 아무도 모르죠."

수아는 그럴 가능성은 적다는 말을 삼켰다.

오딘이 장기적인 안목에서 일을 진행하고 있다는 것은 자신만의 생각이지, 오딘에게 직접 들은 게 아니었기 때문이다.

"하지만 어쩌겠어요. 우리는 오늘을 살아가야 하잖아요. 마지막으로 설명드릴게요. 인출하실 때 전표로 찾아가실 수도 있어요. 계약서와 마찬가지로 권성일 씨의 손도장으로 발행되고요, 주의하실 점은 손도장이 훼손되면 우리도 보증해 주지 못한다는 거예요."

"그렇겠죠."

"전표는 아저씨께서 바라는 액수만큼이 아니라, 우리가 자체적으로 발행한 단위에 맞춰서 찾아가셔야 해요. 지금은 마석 50개. 100개 단위로요."

"그럼 일단은 50개짜리 6장과 100개짜리 1장으로 부탁할게요."

성일은 큼지막한 전표에 손도장을 찍기 시작했다. 행여나 번질세라 조심스러운 모습이었다. 그럼 다음이 손도장에 걸치게 서명을 하는 일이었다.

작업을 마친 성일은 어차피 더러운 바지에 손을 쓱쓱 문질렀다.

"첫 거래가 진행됐겠다. 우리 악수나 한번 합시다."

성일이 판석과 악수를 나누며 마저 말했다.

"돈 많이 버쇼. 그런디 형님, 소주 가진 것 있지 않어?"

"100석."

판석은 마석 100개짜리 전표를 흔들었다.

"응?"

"이제는 원이 아니고 석이잖아. 소주 한 팩에 100석. 절대 비싼 게 아니지. 다음 웨이브가 끝나고 나면 필시 더 가격이 오를 테니까. 어쩔까. 하나 줄까?"

*　　　*　　　*

[말했죠? 저 인도관은 여러분들에게 감격했다고요.
생존자가 무려 80명이에요. 마지막 웨이브 역시 한 명
의 낙오자도 발생하지 않기를 바랄게요.]

사람들이 술렁였다.

혹시나 10차 웨이브에 딱 맞춰서 웨이브가 끝나지 않을까 했던 사람들의 바람은 현실로 이뤄졌다.

그 자리에는 선후도 함께 있었다.

정령이 선후 주위를 맴돌고 있기 때문에라도 사람들의 시선은 선후에게 집중되어 있었다.

선후의 얼굴이 정령이 띄고 있는 붉은 빛으로 물들었다.

정령이 발산하는 빛이 푸른빛에서 붉은빛으로 변했을 때가 악랄한 짓의 시작이라는 것은 더 이상 설명할 거리도 아니었다.

과거의 선후였다면 원한 섞인 눈으로 정령을 노려보고 있겠으나, 저 붉은빛의 원인이 칠마제 둠 카오스에 있다는 것을 알게 된 이후부터는 달라졌다. 제일 서열 낮은 둠 카소 조차 그렇게 공포스러운 존재였다. 하물며 시스템 전체에 개입하고 있는 둠 카오스는 어떤 존재일까?

[마지막 웨이브는 여러분들의 성장에 맞게 공을 들여 봤어요. 기대해 주세요.]

정령이 선후의 얼굴에 대고 히죽거리고 있을 때, 선후가 성일에게 턱짓했다.

"따라와."

선후의 시선은 수아에게도 이어졌다.

"거기도."

[오딘이 파티에 초대하였습니다.]

그것은 수아가 그토록 기다려 왔던 메시지였다. 그러나 흥분한 마음을 드러내기에는, 오딘이 지었던 표정이 무척 매서웠다.

　　　　　*　　　　*　　　　*

　선후가 사전에 진입로를 차단하는 수는 다음 웨이브가 진행될 때마다 늘어났다.

　여섯 번째 웨이브에서 다섯 개의 진입로를 사전에 차단했고, 여덟 번째 웨이브에서는 일곱 개, 아홉 번째 웨이브에서는 여덟 개였다.

　그럴 수 있었던 이유는 물론 히든 퀘스트의 독식에서 왔던 빠른 성장에 있었다.

　1차 웨이브: 골드 박스 4개
　2차 웨이브: 골드 박스 4개와 실버 박스 1개
　3차 웨이브: 골드 박스 12개
　4차 웨이브: 골드 박스 16개
　5차 웨이브: 골드 박스 4개와 실버 박스 1개
　6차 웨이브: 골드 박스 20개와 실버 박스 1개
　7차 웨이브: 골드 박스 20개와 실버 박스 2개
　8차 웨이브: 골드 박스 32개
　9차 웨이브: 골드 박스 32개와 실버박스 1개

　거기까지가 지난 웨이브에서 선후가 얻었던 보상이었다.

성일은 선후를 따라다니는 데 익숙했다.

하지만 이번이 처음이었던 수아는 멀리서 울려 대는 괴성에 몸을 떨기 일쑤였다.

그녀는 마을에서 사람들과 함께 웨이브를 방어하고, 선봉대의 사냥에 동참하며 정신적으로도 단련되었다고 자부하고 있었다.

그런데 아니었다.

사방에서 들려오는 몬스터들의 울음소리에는 고통이 깃들어 있었다. 여기에서만큼은 오딘이 포식자였다. 몬스터들은 일방적으로 학살당하고 있는 것이었다. 수아는 구태여 직접 보지 않아도 알 수 있었다.

거짓말처럼 적막이 찾아왔을 때, 수아는 성일을 따라 걸었다.

웨이브가 끝난 후의 광경보다 처참했다. 어둠 속에서도 또렷이 진한 핏물들이 웅덩이를 이루고 그 주변으로는 화염이 훑고 지나간 흔적이 다분했다.

경악하긴 성일도 마찬가지였다.

네 번째 웨이브를 끝으로 오딘을 따라와 본 적이 없었는데, 당시에는 그래도 몬스터 시체라고 알아볼 만한 게 남아 있기는 했다.

지금은 온전한 게 없었다.

잿더미만 가득한 채, 대지에는 아직도 열기가 남아 있다.

성일이 따끔한 느낌을 받으며 황급히 뒤로 물러섰다. 대지에서 갑자기 튀겨 댄 것이 있었다. 푸른 불꽃 같기도 한 그것은, 먹잇감을 찾았다는 듯이 사정없이 혓바닥을 날름거렸다.

빠지직. 빠지직—

오딘의 스킬 중 하나. 오딘이 지나간 뒤에도 그의 스킬 효과는 남아 있었다.

"더 들어가지 말고 여기서 기다리자고. 괜히 다치겠네."

"그러는 게 좋겠어요."

수아도 대지에서 튀겨 대는 벼락 줄기들을 바라보며 대답했다.

잠시 후였다. 처음 보는 메시지가 수아의 시선 안으로 뻗쳤다.

[히든 퀘스트 '용기를 갖춘 자⑴'의 완료 조건을 충족하였습니다. 최초와 차 순위자를 합의하에 결정하여 주십시오.]

'히든 퀘스트?'

성일은 놀란 표정이 역력한 수아를 이해한다는 듯이 말했다.

"진입로 하나를 사전에 차단하는 게, 히든 퀘스트지. 그 짝만 알고 있어…… 는 무슨. 오늘로 끝이고만. 첫 번째 차 순위는 그짝에게 양보하라더군. 다음 차례는 나여."

차 순위 보상은 무려 골드 박스였다.

"아직 보상 선택하지 말고 들어. 오늘 오딘이 평소와 다른 거 눈치챘어?"

수아는 고개를 끄덕였다.

평소에도 그렇게 말이 많지 않은 오딘이었지만, 여기까지 오는 길에는 성일과 몇 마디를 주고받은 게 전부였다.

"오딘도 마지막 웨이브를 어렵다고 예상하는 것 같아요."

"비슷혀. 인도관이 한 말이 있잖어. 공들여 놨다고."

성일은 그 순간에 구겨졌던 오딘의 표정을 똑똑히 봤다.

"그러니까 보상은 당장 오딘에게 도움이 될 수 있는 걸로 골라야 할 거여."

"오딘의 아이템들이 골드 박스에서 나온 것보다 나쁠까요? 제 생각에는 아닌데요. 거기서 뭐가 나오든 아이템과 인장은 아니에요. 제 본연의 능력치와 스킬 등급을 높여서, 오딘에게 꾸준히 힐을 해 주는 게 더욱 효과적이죠."

"모로 가도 서울만 가면 된다고. 내 말이 그거여."

오딘이 웨이브 때마다 마을에 합류해서 몬스터들을 쓸어 버릴 때면, 그는 전장의 화신이 되어 있었다.

수로 밀어붙이는 크시포스 종자들 따위는 오딘에게 붙지도 못했다.

하지만 둘은 오딘이 끔찍하게 다친 모습을 본 적이 있었다. 다섯 번째 웨이브 당시, 뒤늦게 합류했던 오딘의 복부에서는 장기까지 흘러나왔다.

수아도 성일도 그 점이 의문이긴 했다.

그날 오딘에게 무슨 일이 있었기에, 그 지경에 이르렀던 것일까.

어쨌든 그 날이 시사하는 바는 오딘이라고 불사(不死)가 아니라는 것이다.

그것이 무엇인지 떠올릴 순 없지만, 그 오딘을 죽음 직전까지 치닫게 만든 것이 존재했다. 몬스터 혹은 몬스터들 말이다.

"이번에는 저, 그다음이 오빠가 차 순위 보상을 받는 거 맞죠?"

"한 번씩 돌아가는 거여."

그럼 네 개에서 다섯 개까지의 골드 박스를 기대해 볼 수 있다.

수아는 속으로 혀를 내둘렀다.

'됐어. 황금 동아줄이야.'

비록 세상이 하루아침에 바뀌었지만 달라지지 않은 게 있다.

줄을 잘 잡아야 한다는 것.

수아에게 하나 다행인 점은 과거 직장처럼 앙숙인 두 상사를 모실 일은 없다는 것이다.

수아는 그때를 돌이켜 보면서, 어쩌면 그때가 더 피 말렸을지도 모른다는 생각이 들었다.

앙숙인 두 상사가 각기 다른 지시를 내릴 때가 많았다. 결국에는 한 쪽에 이력을 걸어야 했었다. 자신을 인정해 줄 상사, 앞으로 더 많은 파워를 가질 거라 예상되는 상사 쪽으로.

그러나 지금은 명확하지 않은가?

무조건 오딘이다.

다른 사람들이야, 오딘의 눈에 들 방법을 찾지 못해 시작조차 못 하고 있지만 말이다.

'열 번째 웨이브가 오딘에게도 심각하게 생각될 정도라면…… 두 번째 기회야. 내가 꼭 필요한 사람이라는 걸 보여 줄 수 있어.'

물론 맹목적인 충성의 말로는 비참하다.

어느 순간부턴 상사에게 진정성을 의심받으며, 그로 인

한 상사의 배신은 돌이킬 수 없는 후회를 낳는다.

줄을 잡았으면 냉철한 처신이 필요하다. 그러니 앞으로가 더욱 중요했다.

수아는 민첩이 한 등급 상승됐다는 메시지를 바라보며 입술을 질끈 깨물었다.

*　　　*　　　*

아홉 번째 진입로까지 사전에 차단해 놓고도 시간이 남았다.

그러나 선후는 마지막 진입로인, 새로 열린 지역에는 접근조차 하지 않았다.

거기만 차단하면 1막 1장은 웨이브가 시작될 것도 없이 종결되지만 거기에서 기다리는 것이 웨이브의 마지막.

보스 몬스터다.

'과거에 겪어 봤던 수준이 아닐 거야. 한 등급 강화된 놈이란 걸 가정해야 한다.'

선후는 확신했다.

마지막 웨이브에 공을 들여 놨다는 메시지를 봤을 때 선후의 뇌리를 스쳤던 광경은, 과거의 1막 2장 마지막 순간이었다. 그때에도 정령은 똑같은 단어를 사용했었다. 1막

3장에서 새로운 각성자들과 만나고 나서야, 그 의미를 알 수 있었다.

겪지 않아도 될 걸 겪었구나 하고 말이다. 이번에도 그럴 공산이 높았다.

다른 무대의 보스 몬스터보다 강화된 채로 나타나거나, 다른 무대보다 더 많은 웨이브를 소화해야겠지만.

애초에 정령은 이번 웨이브가 마지막이라고 단언해 놓았다.

그러니 남은 건 하나였다.

과거보다 더욱 강력한 보스 몬스터가 온다.

"사람들 옮겨 둬. 마지막 웨이브는 우리끼리만 싸운다. 쫄지 말고 키워 준 값을 해 줬으면 좋겠군."

선후는 없어도 될 희생 따위는 애초부터 치워 놓기로 했다. 과거보다 더욱 강화된 몬스터가 오는 게 맞다면, 그들은 큰 도움이 될 것 같지도 않았다.

그리고…….

선후는 성일과 수아를 쳐다보았다. 성일은 그렇다 쳐도 수아를 계속 끌고 가도 되는지는 이번 기회에 판가름이 날 거다.

"쫄기는 누가 쫄아. 근디 우리가 먼저 선빵 때리는 게 낫지 않겠어?"

"오빠. 거기에선 우리 시야가 좁아요."

"맞아."

선후는 일축한 다음 사람들 쪽으로 턱짓해 보였다. 성일
과 수아가 사람들을 새롭게 열린 경계면에서 떨어진 쪽으
로 대피시키기 시작했다.

그러는 동안 선후는 배낭에서 아이템들을 꺼냈다. 옛 기
억을 떠올리며 최대한 놈을 상대하는 데 제격인 아이템들
로 무장을 갖췄다.

"상태 창."

[이름: 나선후 * 2회차 *

체력: C (0) 근력: C (0)

민첩: C (0) 감각: C (0)

누적 포인트 : 9322

특성(9) 스킬(10) 인장(10) 아이템(10)]

[특성 — 역경자: C (0) 괴력자: D (0) 탐험자: E (0)
차단자: D (0) 질풍자: D (51) 타고난 자: D (0) 예민한
자: D (0) 수집자: D (0) 도전자: MAX]

[스킬 — 오딘의 분노: C (0) 데비의 칼: C (0) 개안:
C (0) 가이아의 의지: D (0) 세트의 손톱: D (0) 염마
왕의 길: D (0) 하누만의 꼬리: C (0) 헤라의 광기: D
(0) 석벽 : E (0) 무쇠주먹 : E (0)]

[인장 ― 치유의 인장 (E) * 8 순간이동 (E) * 2]

　[아이템 ― 라의 태양 망토 (S) 아도니스의 신성 투
구(S) 헤르메스의 만능 발찌 (A) 금강역사의 수호 장갑
(A) 아티스의 반지 (A) 프리그의 깃털 (A) 에오스의 반
사경 (A) 로키의 애장품 (A) 귀자모신의 갑주 (A) 지배
의 반지 (B)]

인장 상황에는 이상이 없다. 아이템도 방어력이 모두 충
전된 상태.

성일이 돌아왔다.

"다 대피시켜 뒀어."

그는 완전 무장을 갖춘 선후의 모습에서 눈을 떼지 못했
다.

성일은 선후의 각 아이템들이 품고 있는 은은한 빛무리
에 매료되었다. 항상 목숨만큼이나 챙겼던 오딘의 배낭 속
에 그것들이 다 들어가 있던 것이다. 그만큼이나 용량이 큰
배낭이었으니까.

그러고도 오딘의 배낭은 여전히 묵직해 보였다.

"대기하고 있어."

선후는 둘을 남겨 두고서 처소로 쓰던 건물로 향했다. 도
전자 퀘스트 때도 그렇지만, 무장을 갖췄으면 배낭을 안전

한 곳에 묻어 두는 게 급선무였다.

'이러는 것도 이번으로 마지막이 되겠군.'

1막 1장의 종착점이다.

인벤토리 시스템을 이용할 수 있는 마지막 파편을 보스 몬스터가 달고 올 것이다.

시간이 되었을 때 선후가 기다리던 소리가 울리기 시작했다.

쿵쿵!

성일의 목젖은 꿈틀거렸고, 수아는 죽을지도 모른다는 동물적인 공포가 실린 눈빛을 띠었다.

지면이 울렸다.

거대 괴수가 드리운 그림자 속에서도, 그것이 몰고 온 몬스터들이 득실거렸다.

뒤룩거리던 괴수의 눈알은 마침내 셋을 찾아냈다.

거리가 꽤 떨어진 곳임에도, 성일은 그 괴수의 시선과 맞닥뜨렸을 때 심장 한군데가 뚫리는 듯한 공포감에 그만 뻣뻣해지고 말았다.

그 순간 엄청난 불길이 일었다.

화르르르륵—!

무엇이든 태워 버리겠다는 각오로 타오르는 그것은 선후의 몸에서 뻗쳐 나왔다.

맞은편에서 달려오던 몬스터들은 일거에 화염 속으로 사그라졌다.

곧 화염은 몬스터들의 영혼까지 착취하는 듯한 움직임을 보였고, 마지막에는 대지 속으로 빨려 들어가면서 자취를 감췄다.

하지만 그때부터가 진짜였다. 화염이 일렁였던 전체 지역이 시뻘겋게 물들어서는 성일과 수아를 기다리고 있었다.

선후가 질풍처럼 뛰쳐나간 직후, 성일도 첫발을 내디뎠다.

[오딘이 염마왕의 길을 시전 하였습니다.]

[* 파티원은 시전 지역 안에서 스킬 효과를 공유합니다.]

[* 파티원은 시전 지역 안에서 피해를 입지 않습니다.]

성일은 자신의 손을 응시했다. 난데없이 불길이 나타나 양손을 휘감는데 뜨겁기는커녕, 위험천만한 힘이 느껴졌다.

성일의 손에 쥐어져 있던 둔기에도 불길이 휘감아 돌았다.

성일은 이를 악물며 지면을 박찼다.

쓰벌.

오딘이 만들어 준 불방망이로 다 때려잡는 거다!

*　　　*　　　*

같은 속성의 공격들이 중첩되었을 때는 그 효과가 배가된다.

오래전 선후가 라의 태양 망토를 손에 넣은 이후.

마스터 박스에서 튀어나왔던 온갖 스킬들 중 일부를 화염 속성의 스킬들로 맞춰 둔 까닭은 바로 그 때문이었다.

강력한 화염 공격 이후 화염 속성의 광범위한 버프존을 형성하는, 염마왕의 길도 그렇고.

다른 신체 기관을 추가로 얻는 듯한 효과를 가지는 하누만의 꼬리 역시 화염의 집약체다.

데비의 칼의 변환 스킬 중 하나인 이그니의 칼 또한 화염으로 벼려진 스킬이었다.

*　　　*　　　*

거대 괴수가 끌고 왔던 몬스터들이 선후의 첫 공격에 몰살되며 거리가 깨끗해졌던 것도 아주 잠깐이었다.

진입로 끝이 갈라지더니 추가로 쏟아지는 것들이 있었다.

빠각!

성일은 둔기를 내리쳤다.

그렇지 않아도 오딘이 만들어 둔 영역 안에 들어온 것들은, 들어온 것 자체만으로 고통에 몸부림치고 있었다.

성일에게 달라붙는 데 성공한 것들은 성일의 둔기에 터져 죽고, 같은 종족들 사이에 끼어 발버둥 치고 있던 것들은 제 몸에서 자연 발화(發火)한 불길에 잡아먹혔다.

성일은 오딘이 무슨 마법을 부려 놨는지 빠르게 깨달았다.

염마왕의 길…….

"아따 죕이네!"

퍽!

붉게 변한 땅에 들어온 몬스터들은 혼자서 죽어 가고 있었다.

그러니까 놈들의 수가 아무리 많다 한들 상관없었다. 버티기만 하면 알아서들 뒈져 가는 거였다.

어차피 직접적으로 공격해 올 수 있는 놈들의 수는 한정되어 있으니까. 나머지들은 공격 차례를 기다리다가 황천길로 직행하기 일쑤였다.

수아가 약화된 몬스터들을 뚫고 성일에게 달려왔다.

"오딘에게 붙으라니까!"

"안 돼요."

"안 되긴!"

퍽!

성일이 전방을 발로 걷어차 버리자, 몬스터들이 도미노처럼 넘어갔다.

그 찰나에나마 몬스터들로 꽉 막혔던 시야가 조금 트였다.

먼발치로 거대 괴수와 오딘이 보였다.

한 번 보고 잊혀질 짧은 순간이었음에도, 너무 굉장했던 탓에 그 광경은 성일의 뇌리로 단단히 박혀 들어왔다.

길쭉하게 뻗치고 있던 불은 오딘의 검이 분명했다.

그런데 그것보다 훨씬 길고 두꺼운 불길이 있었다. 그것은 오딘의 몸과 이어져 있되, 생물처럼 움직이며 괴수를 공격하고 있었다.

게다가 거대한 괴수의 목을 통째로 휘감고 있는 화염 덩어리는 또 무엇이란 말인가.

번개는 왜 그리 사정없이 쳐 대는 것이고?

아아.

그것이 오딘의 진짜 모습이었다.

경계면 너머 어둠 속에서는 볼 수 없었던 오딘의 진짜 모습!

성일은 소름이 바짝 돋은 그대로 눈을 부릅떴다.

성일이 다시 소리쳤다.

"내 말이 말 같지도 않어? 오딘에게 가라니까!"

찰나에 오딘이 보여 줬던 광경은 정말로 무지막지했지만.

그래도 상대는 집채만큼 커다란 괴수였다.

"힐이 안 들어가요. 모르겠어요? 아직 오딘에게는 제가 필요 없는 거라고요."

"구라 까면 가만두지 않을 거여. 철영이 그 개 쓰벌놈처럼 머리 굴……."

"조심하세요!"

"너나 조심혀!"

['염마왕의 길'의 스킬 효과가 사라졌습니다.]

성일의 손에 죽은 숫자만큼이나 공격조차 못 해 보고 죽은 것들이 많았다.

성일은 남아 있는 것들을 터트려 나갔다.

스킬 효과가 사라졌을지라도, 몬스터들에게 그동안 누적되어졌던 피해까지 같이 증발된 건 아니었다.

전투적인 측면에서 성일보다 열세였던 수아가 성일과 동일한 수의 몬스터를 해치운 데에는 그런 까닭이 있었다.

더 나오는 몬스터는 없었다.

남아 있는 것은 오딘이 대적하고 있는 거대 괴수 하나뿐이다.

둘의 시선은 자연히 그쪽으로 향했다.

그때는 괴수의 포악스러운 아가리가 벌려지고 있을 때였다.

쿠아아악!

거기에서 지독한 황사 같은 것이 토해져 나왔다. 수아도 성일도 저것이 뭔지는 모른다.

하지만 오딘에게 치명적일 공격이라는 것만큼은, 저릿하게 일어난 본능이 가르쳐 주고 있었다.

"오디이이인!"

성일이 소리를 지르며 뛰어나갔다. 괴수의 커다란 몸집은 바라보는 것만으로도 압도적이었으나, 성일은 생각보다도 몸이 먼저 움직였다.

수아도 성일에게 힐을 시전하면서 따라붙었다.

그런데 갑자기였다.

성일도 수아도 빠르게 나타났다가 사라진 빛을 똑똑히 봤다.

오딘의 몸에서 그 빛이 터진 직후, 오딘을 집어삼키려던 뿌연 기운이 갑자기 방향을 틀어 도리어 괴수의 상체를 휩쓰는 것이었다.

괴수는 곧장 느려졌다.

특히 괴수의 촉수들은 둘 또한 그 움직임을 제대로 볼 수 있을 만큼 느려졌다. 그러더니 일시에 움직임을 멈췄다.

괴수에게선 더 이상 어떤 움직임도 없었다.

괴수가 흘려 대는 피만 폭포수처럼 흐르는 게 전부다.

선후가 빠른 속도로 달려왔다.

"끝, 끝난 거여?"

"무적 상태에 돌입했다."

2차 강화를 시작하려는 거다.

보스 몬스터는 당시에 없던 촉수까지 달고 나왔다.

거기에다 죽음 이후에 한 번 더 소생하며 더욱 강해지는, 강화형의 특성까지 부여받고 나타났다.

일종의 강력한 의지였다.

생존자의 수를 줄이는 걸 넘어 아주 전멸시키고야 말겠다는!

그래서 선후는 이를 갈고 있었다.

2막으로 넘어가서야 마주칠 수 있는 난이도를 1막 1장부터 열어 버릴 수 있단 말인가?

선후는 성일과 수아의 목숨을 장담할 수 없었다. 그렇다고 해서 둘을 전투에서 이탈시킬 마음은 추호도 없었다.

도전자 퀘스트를 함께 수행할 파티원을 잃는 것보다도, 리스크 없이 이득만 누리는 자를 품고 있는 것이 더 힘들다.

선후는 그런 일은 용납할 수 없다는 눈빛을 띠었다.

"내 보호막이 깨지기 전까진 성일한테 힐을 집중해. 넌 나를 돕고."

*　　*　　*

성일이 나가떨어졌다.

괴수는 크기가 커서 굼뜬 만큼, 그걸 충당할 수 있는 무기를 가지고 있었다.

바로 수십 가닥의 촉수다.

선후가 데비의 칼로 일거에 정리를 해 뒀어도 금방 재생되기 일쑤였다.

한편으론 선후가 괴수의 공격을 차단시킨 직후야말로, 성일로서는 유일하게 괴수에게 피해를 입힐 수 있는 기회였다.

그런데 성일이 괴수에게 피해를 입혔던 그때.

난데없이 자라난 괴수의 촉수가 성일의 복부를 그어 버린 거였다.

조금만 늦게 반응했어도 성일의 몸은 그때 두 동강 났을 것이다.

성일이 몸을 비틀자 내장이 흘러나왔다. 다른 사람의 내장이야 신물 나게 봤다. 하지만 자신의 내장을 제 눈으로 목격한 건 처음이었다. 성일은 무슨 일이 일어났는지 그제야 깨달았다.

그다음에 지독한 통증이 밀려왔다.

"으아아……."

성일은 눈알이 돌았다. 벌어진 틈 사이로 제 내장을 계속 밀어 넣었다. 언젠가 오딘이 그랬던 것처럼 한 손으로 틀어막는 것도 물론이었다.

그러면서 전방을 확인하는데, 오딘은 여전히 무시무시했다.

자신과 같은 사람이라고는 도무지 생각되지 않았다. 오히려 자신이 짐이 되고 있는 건 아닐까 했던 생각은 찰나였다.

복부의 통증이 머리를 때렸고 전신이 비명을 질러 대기 시작했다.

'쓰벌. 쓰벌. 쓰벌!'

오딘은 이런 고통을 어떻게 견뎠단 말이냐. 성일은 땅을 기었다.

점점 흐릿해져 가는 시야 속에서 그가 찾고 있는 사람이 있었다.

힐러 이수아.

그 가시나가 빨리 힐을 해 줘야, 자신은 고통에서 자유로워질 수 있었고 또 그렇게 오딘이 만들어 낼 기회를 틈타 괴수에게 피해를 입힐 수 있었다.

혹은 괴수의 시선을 자신에게 가져와 오딘이 치명적인 일격을 먹일 기회를 만들어 낼 수도 있었다.

어찌 됐든 몸이 나아야 그런 게 가능했다.

'어딨는 거여.'

성일은 가까운 피 웅덩이 속에서 수아를 찾아냈다.

"정…… 신 차려……."

성일이 수아의 얼굴을 향해 팔을 뻗었다. 그녀의 얼굴을 붙잡고 말했다.

"힐러가…… 먼저 쓰러지…… 면 어쩌자는 거여. 그러게 나대긴 왜 나대. 당장 못 일어나?"

성일의 하소연에도 수아는 답이 없었다.

후두두둑.

하늘에서는 피가 쏟아져 내리고 있었다. 핏물이 성일의 눈앞을 가렸다.

그때 비록 시야는 가려졌지만, 성일은 조금이나마 정신을 차릴 수 있었다. 뜨뜻미지근한 몬스터의 피 맛이 실로 역겨웠으니까.

그제야 깨달았다.

줄곧 죽은 사람에게 말하고 있었다는 사실을 말이다.

성일이 한 손으로 끌어당기고 있는 건 수아의 잘린 얼굴이었다.

수아의 몸통은 어느 피 웅덩이에 처박혀 있는지 보이지도 않았다.

성일은 수아의 얼굴을 치워 버리며 억지로 일어났다. 그러고는 다시 앞으로 고꾸라지며, 간신히 밀어 넣었던 내장들 또한 꾸물거리며 나왔다.

죽는 순간이면 지난 일생이 주마등처럼 스쳐 간다고 누가 그랬던가.

성일은 그런 것 따위는 없이, 오로지 아들 얼굴만 생각이 났다.

그것도 사춘기를 맞이한 지금의 아들이 아닌 돌 무렵의 아들 얼굴이.

아장아장 걸음마를 시작하려던, 그 그리웠던 얼굴이 이제야 똑똑히 생각나는 거였다.

성일은 누운 채로 죽음을 직감했다.

'세상은 오딘이 어떻게든 해 주지 않겠어? 그러니 기철아. 아빠는 먼저 가서 기다리고 있을게. 맞다. 쓰벌. 가시나 만날 때면 얼굴 말고 마음을 봐야 한다이. 그럼 아빠는 진짜 간다.'

성일의 두 눈이 천천히 감겼다. 눈물이 뺨을 타고 흘렀다.

그러던 그때였다.

성일의 눈이 번쩍 떠졌다. 은은한 빛이 그의 몸에 스며들고 있었다.

치유 스킬의 징조였다.

그 순간 성일의 두 눈에 들어온 건 아들의 얼굴이었다.

아들이 땅을 기어오고 있었다. 앳된 목소리도 들려왔다.

"저도 도울게요."

성일은 눈을 빠르게 깜박거렸다. 아들로 보였던 소년의 얼굴이 제대로 보였다.

아들과 같은 또래이면서 이 징글맞은 세상에 끌려온 아그.

성은 기억나지 않지만 이름은 아마도 자성이었던 것 같다.

성일은 가까이 다가오지 말라는 손짓과 함께 자리에서 일어났다. 내장이 흘러나오지 않을 만큼 상처 부위가 아물어져 있었다.

뿐만 아니라 소년이 성일에게 사용해 준 인장이 있었다.

신속의 인장이었고 성일의 몸놀림은 더욱 기민해졌다.

"거기서 딱 기다려! 가까이 다가오지 말란 거여!"

성일은 그렇게 소리치며 괴수를 향해 달려갔다.

힐 한 번으로 다 나아질 리는 없었다. 빌어먹을 통증들이 온몸에 끈덕지게 달라붙으면서, 성일의 얼굴은 곧 죽을 것처럼 일그러져 있었다.

그는 인장이 가져온 속도를 유지하는 데 사력을 다했다.

그에게 쏜살같이 날아드는 촉수를 피하며 괴수와 거리를 좁혀 나갔다.

그중에 피할 수 없는 것은 몸으로 받았다.

팔이 잘려 나갈 때는 쇼크만으로도 눈알이 뒤집히는 듯했다.

쉐아아악—

성일에게 향하는 촉수의 수가 불어났다.

성일이 괴수의 발등을 둔기로 찍으면서 두 번째 죽음을 직감했다. 더 많은 촉수들이 자신의 머리를 향해 쏟아져 내려오고 있었다.

그렇지만 성일은 기분이 썩 나쁘지 않았다.

여기서 뒈진다 한들, 결국에는 저 대단한 오딘이 괴수를 끝장내고 나머지 무대들도 통과하며 한국으로 돌아갈 거다.

아들 기철이가 있는 한국으로! 아들의 안전에 도움이 될 것이다!

성일은 촉수들이 제 정수리로 쇄도하고 있는 와중에도 괴수의 발등에 두 번째 공격을 가했다.

그런데 갑자기 무슨 일이 일어난 거지? 성일은 머리가 꿰뚫리기 직전에 노인 거시기처럼 축 늘어지는 촉수들을 바라보며 생각했다.

쿵!

성일은 뭔가가 지면을 울리며 떨어진 쪽으로 고개를 돌렸다.

그것은 괴수의 거대한 대가리였다.

불에 타오른 채로 눈알이 먼저 녹아내리고 있었다. 퀘스트가 완료됐다는 메시지와 함께.

'끝…… 났…… 다…….'

성일이 정신을 잃기 전 마지막으로 본 것은, 허공에서 뛰어내린 오딘에 의해 괴수의 대가리가 콱 터져 버리는 광경이었다.

Chapter 6.

　2층짜리 건물과 비슷한 크기였다.

　그날에도 여전히 몇몇 사람들이 거대 괴수의 시체에 모여 오딘의 공포스러운 능력에 대해 떠들고 있던 시각.

　선후는 수아를 노려보고 있었다. 수아가 이제 막 깨어난 순간이기도 했다.

　"왜 그랬지?"

　"……."

　"묻고 있잖아. 왜 그랬냐고."

　"……."

　"내가 내린 지시는 단 하나였어."

그제야 무슨 말인지 알겠다는 듯, 수아의 눈썹이 꿈틀거렸다.

맞다. 오딘의 지시는 하나였다. 방어막이 깨질 때까지 성일에게 힐을 집중하라는…….

하지만 수아는 항변하고 싶은 말이 많았다.

오딘의 방어막이 점점 하위 단계의 색채로 변해 가긴 했었으나, 도무지 깨질 낌새가 보이지 않았다.

오딘은 정말로 압도적인 능력의 소유자였다.

전투 직전에 기필코 오딘에게 자신이 필요한 존재라는 것을 입증하고야 말겠다며 각오했던 것이 무색하게도, 오딘의 방어막이 힘을 잃어 가는 속도보다 거대 괴수의 방어막이 깨져 가는 게 더 빨랐다.

그렇게 오딘이 자신을 필요로 하는 상황은 나오지 않았다.

방어막이 유지되어 있는 이상, 힐을 할 이유도 없었고 시전해도 즉각 취소되었다.

힐을 필요로 하는 건 오로지 성일뿐이었다. 그게 문제였다.

촉수는 무던히도 빨랐고, 그걸 피하기 위해 애쓰는 성일을 쫓아다니는 것도 고역스러운 일이었다.

성일과 거리를 유지하며 그를 쫓아다니는 게 아니라, 전투에 직접 참여하는 게 낫겠다는 판단이 섰다.

한 명보다는 둘이 몬스터의 시선을 끌어 주는 게, 오딘에게 더 많은 기회를 만들어 줄 게 분명했다.

마침 민첩 수치도 올려 두지 않았던가.

속도라면 성일에게도 뒤지지 않았다.

때문에 그 길만이 유일했다.

오딘에게 자신의 필요성을 입증하기 위해서는 말이다.

자신이 힐러이긴 하지만 오딘의 힐러는 될 수 없었다. 왜냐하면 오딘은 힐러가 필요 없는 사람이었기 때문이다.

"이전에 팀장급이었다고 하지 않았어?"

"네."

"그런데 리더의 지시를 어기고 팀을 버려? 정말이지 한심하군."

"죄송해요. 너무 미숙했어요."

라인의 우두머리가 질책할 때 항변하는 건, 사표를 내기로 작정했거나 다른 직장을 알아봤을 때나 할 수 있는 거다.

수아는 분개하는 선후를 바라보면서 깨달았다.

'팀이라니…… 생각도 못 했어. 오딘은 우리를 육성하고 있는 거였어. 이만저만 큰 실수를 한 게 아니야.'

오딘의 신임을 더 얻을 수 있는 기회를 날려 버렸다.

죽을 뻔한 것보다, 온몸에서 욱신대는 통증들보다 그 점이 더 아프게 느껴졌다.

오딘은 성일과 자신을 지금 당장 필요해서 받아 준 게 아니었다.

나중을 위했던 것이지.

＊　　＊　　＊

"오, 오딘…… 내가 똑똑히 봤어. 저, 저거 목 잘려 뒈졌는디!"

성일이 호들갑을 떨었다.

수아가 가까이 다가가자, 그는 뒷걸음을 치면서 팔을 저어 대기까지 했다.

하지만 그의 팔은 하나뿐이었다. 그제야 자신의 팔 하나가 존재하지 않는다는 걸 깨달은 성일은 자리에 주저앉았다.

그러다 퍼뜩 고개를 치켜들었다.

"너 죽었었잖어!"

선후가 성일 앞에 쪼그리고 앉았다.

"환각이겠지. 얼마나 마신 거냐."

"뭐, 뭘."

"몬스터 피."

마시지 않았다. 삼켜진 거지.

머리 위에서 그렇게 폭포수처럼 쏟아졌는데, 그렇게 안 되고 배겨?

성일은 그런 표정이었다.

본 시대에서는 몬스터 피가 각성제로 활용됐었다.

정확히 말하자면 그냥 들이키면 부정적 환각에 그치나, 새로 발견된 화학식이 결부되면 각성자들의 전투 능력을 비약적으로 끌어올리는 약제로 재탄생됐다.

그래서 순도가 높은 피, 그러니까 등급 높은 몬스터의 피는 가치가 높았다.

브론즈 박스와 골드 박스의 차이처럼 약제의 등급을 결정지어 주니까.

선후는 그런 약물에 의존했던 약쟁이들의 말로를 잘 알고 있었다.

그래서 걱정된다는 듯이 말했다.

"그래. 일부러 마시진 않았겠지. 앞으로는 그런 일이 있으면 토해서라도 게워 내야 한다. 정신을 차리는 건 아주 잠깐이다."

성일은 믿기 힘들었다. 당시를 돌이켜 봐도 너무나 생생했다.

그런데 오딘의 말마따나, 하늘에서 쏟아진 몬스터 핏물을 저도 모르게 들이켰을 때 일시적이나 정신을 차릴 수 있었다.

"그게 환각이었다고?"

그러던 성일의 시선이 지쳐 쓰러진 힐러들 쪽으로 향했다.

성일은 자신에게 다가오는 수아를 무시하고 지나쳤다. 도착한 곳은 자성의 앞이었고, 자성은 다른 힐러들과 함께 곯아떨어져 있었다.

"저도 도울게요."

성일이 자성의 앳된 목소리를 떠올리며 그 얼굴을 빤히 쳐다보았다. 자성의 등장만큼은 환각이 아니었을 것이다.

자성이 써 준 힐과 인장 덕분에 거대 괴수의 시선을 끌 수 있었다. 지금에 와서 그것들까지도 다 환각이라 친다면 정말로 억울할 것 같았다.

마흔한 살의 인생.

전 일생을 통틀어 가장 숭고한 순간이었는데, 쓰벌!

성일은 시선을 돌렸다. 팔꿈치 다음으로 없어져 버린 팔을 향해서였다.

"버티다 보면 다시 재생시킬 기회가 있을 거다. 힐러 수준이 높아져야 돼."

"그거 기똥차긴 한디, 환각이라고 하니까 헷갈려 죽겠구만."

"당시를 자세히 들려줘 봐."

선후는 성일에게 몹시 상냥했다. 그런 선후의 모습을 멀찌감치 떨어져 보고 있는 수아의 낯빛은 더욱 어두워져 갔다.

성일의 설명이 끝나고 선후가 대답했다.

"이수아가 죽은 것만 환각이었던 것 같은데."

"내 생각도 그려."

"그런데 다시는 그렇게까지 하지 마라. 용감한 것과 무모한 것은 엄연히 달라. 그렇게까지 하지 않았어도 충분히 잡을 수 있는 놈이었어."

"흐흐. 다시 하라고 해도 그렇게 못할 껀디. 그땐 내가 눈깔이 뒤집혀 가꼬."

"그리고 네 보상물은 따로 챙겨 뒀다."

"보상물?"

"임의로 선택됐더군. 아이템으로. 잃어버리거나 파괴되지만 않는다면 아이템 쪽이 더 맞지. 그거 나쁘지 않은 거다. 기대하고 있어."

"그려?"

"흥분하지 말고, 일단은 좀 더 자 둬. 적어도 눈 속의 핏발은 꺼져야지."

선후는 성일의 어깨를 툭툭 친 다음 수아에게 다가갔다.

"뭘 멍청하게 그러고 있어."

"은행으로 가 볼게요."

"그걸 말이라고 해?"

수아는 몸을 틀면서 생각했다. 조마조마했었는데 다행이었다.

'아웃되지 않았어. 나는 여전히 오딘의 그룹 안이야.'

*   *   *

'하! 자기가 우연희도 아니고.'

수아가 지시를 어기긴 했지만 한 번쯤은 용납해 줄 수 있었다.

어떤 생각으로 직접 전투에 참여했는지도 알 것 같았고 그 이후에 보여 준 모습도 있었기 때문이었다.

보통 여자라면 몇 번 웨이브 방어전을 치렀다고 해도 그 정도까지나 나설 수는 없었다.

성일과 동등하게 촉수의 공격 거리 안으로 들어오다니.

목숨을 걸지 않고서는 할 수 없는 행동이 맞았다. 수아가 정장 입은 독사가 아니라는 반증이기도 했다.

실제로 수아의 상태는 위독했다.

팔다리가 잘려 나가지 않았을 뿐이었다. 관통됐던 폐가 완벽히 재생되기까지 숨을 제대로 못 쉬어, 줄곧 꺽꺽댔었다.

관통 부위가 조금만 치우쳤으면 바로 심장이었다.

그 점이 인상 깊다.

그래서 이수아는 영악하기도 하다. 필시 이런 걸 의도했을 테지.

알면서도 마음이 쏠리는 건 어쩔 수 없는 것이었다.

선후는 수아에 대한 생각을 일단 지우고 자성에게 집중했다.

뜻밖의 순간에 나타났던 어린 녀석.

당시는 보스 몬스터를 공략하던 중의 마지막 순간이라 녀석이 어디까지 참여했는지는 자세히 몰랐다.

선후는 깨어난 자성에게 그걸 묻고 있었다.

"아저씨한테 인장과 힐을 시전하고, 누나는 바깥으로 끄집어냈어요."

"촉수들을 뚫고?"

"그것들은 아저씨 따라가던데요……."

말투가 어눌했다.

활발한 녀석도, 성인 수준의 언변이 있는 녀석도 아니었다.

하지만 그런 건 중요하지 않았다. 마을 사람 모두가 대피 지역에서 구경만 하고 있던 순간에, 녀석만이 유일하게 나섰다.

사실상 녀석이 성일과 수아를 살린 거다.

"그런데 왜?"

"그냥…… 세 분이 지면 다음은 우리 차례잖아요."

"그렇긴 하지. 이름이?"

"강자성이에요."

"힐러고?"

"예."

"명색이 힐러가 옷차림이 왜 그렇게 부실해? 밥은 제대로 먹고 다녔냐."

"아니요."

선후는 고개를 끄덕였다.

저 또래의 녀석들은 본인들이 다 큰 줄 알겠지만, 현실은 그렇지 않았다.

성장 정도와는 관계없이 어른들에게 이용되는 게 다반사였다.

그럼에도 불구하고 성인들 틈에서도 주체적으로 성장하며 제 그룹을 이끄는 녀석들이 나오곤 했는데, 그 대표적인 인물이 오딘의 분노의 실제 주인이었던 육선(六善)이다.

'그 육선마저도 지금의 모습은 이 녀석과 다를 바 없겠지.'

선후는 자성에게 대가를 지불할 생각이었다.

파티원으로 들인다?

그 일은 고개부터 저어진다.

녀석이 성인들도 할 수 없었던 일을 해냈고, 그건 성일과 수아에게 바랐던 모습이기도 하지만 짐을 달고 다닐 수는 없었다.

앞으로 본인의 파티는 어떤 파티보다도 어떤 공격대보다도, 위험한 임무들을 수행하게 될 거다.

아직 정신적으로 성숙하지 않은 미성년자에게 성일과 수아에게 했던 것과 똑같은 잣대를 들이민다는 것 자체부터가, 그에게는 짐이었다.

그렇지 않다면 둘과는 다르게 항시 목숨을 챙겨 줘야 할 텐데, 그럴 여유가 날까?

보통의 퀘스트라면 그럴 수 있어도 보스전과 도전자 퀘스트에서는 있을 수 없는 일이었다.

선후의 눈빛은 냉정하게 바뀌었다.

그때 아무것도 존재하지 않았던 선후의 손아귀로 반지 하나가 생성됐다.

[* 보관함]
['풍사(風師)의 보호 반지'가 제거 되었습니다.]

"이 아이템은 누구에게도 비밀로 해야 한다. 행여나 이 아이템 때문에 문제가 발생할 시에는 내게 말하고. 또 앞으로 어려운 일이 생기면 나를 찾아와도 좋아."

선후가 반지를 건네며 말했다.

자성은 머뭇거리며 그것을 받아 호주머니 속으로 넣었다.

"그런데요. 정말 그래도 돼요?"

선후는 무슨 말인지 금방 깨닫고는 고개를 끄덕였다.

"그래. 어려운 일이 생기면 날 찾아와. 하지만 노력조차 해 보지 않고 날 찾아와서는 안 되는 거지. 약속하는 거다. 할 수 있는 걸 다 해 보고 나서도 안 되면 날 찾아오는 걸로."

자성은 선후가 준 아이템보다도 그 말이 더 기쁜 기색이었다.

"너도 알 만한 나이니까 알 테지. 또 게임도 제법 해 봤을 거잖아. PK 당하기 싫으면 그 아이템은 너와 나, 우리 둘의 비밀로만 있어야 할 거야. 여기서 살아남으려면 영악해질 필요가 있어."

"그럴게요."

"일반 장비는 이걸로 맞춰 봐. 인마, 밥도 제대로 먹고 다니고."

[* 보관함]

['마석 은행 전표(100석)'이 제거 되었습니다.]

['마석 은행 전표(100석)'이 제거 되었습니다.]

['마석 은행 전표(100석)'이 제거 되었습니다.]

메시지가 뜰 때마다, 선후의 손에서는 전표가 홀연히 나타났다.

*　　　*　　　*

일반적인 문신이 아니었다.

양팔에서 그친 게 아니라, 가슴에는 화려한 벚꽃이 수놓아져 있고 등에는 진노한 표정의 부동명왕이 존재했다.

그래서 그의 등에서 피가 흐를 때면 꼭 부동명왕이 피눈물을 흘리며 처절한 복수를 다짐하는 것처럼 보였다.

실제로 그를 도모하려 했던 사람들은 모두 낙오 처리됐다.

"그래서 몇이나 남았어."

억양이 많이 달랐다.

누가 보더라도 정통 한국 사람 같지 않은 억양이었다.

그럴 수밖에 없는 것이, 그의 국적이 한국이고 많은 친척들이 한국에 거주하고 있는 건 맞지만 정작 그는 도쿄의 롯본기에서 떠나 본 적이 거의 없기 때문이다.

재일 한국인들이 간부로 구성된 도천회(稻川會:이나가와회).

거기에서도 중국계 마피아와 고베의 산구조 일파들을 몰아내는 데 선봉에 섰던, 도천회 직계 타케루조 조장의 타케루가 바로 그였다.

한국 이름은 황관호.

"서른셋입니다."

"삼삼?"

"네."

"생각보다 적은데."

"그나마 조장님께서 계셨기에 그 정도로 그친 것이겠죠."

"물이나 가져와."

타케루는 더 묻지 않았다.

서울에서 회계사로 잘나갔다던 석주의 일 처리에는 빈틈이 없었다.

타케루는 석주가 남기고 간 단검을 집어 들었다.

잘 선 날만큼은 항상 사무실 벽에 걸어 두었고 또 여기로 지참해 온 장인의 천만 엔짜리 검을 연상시켰다.

파문자의 손가락를 자를 때면 언제나 그 검을 썼었는데

여기에 와서는 살인할 때 쓰인 검이다.

물론 그는 검도를 수련해 본 적이 없었지만, 근력 수치가 오른 이후부터는 사람의 목을 분리시키는 데 어려움이 없었다.

그래서 그 검은 지배의 상징으로 여전히 벽에 걸려 있었다.

"조장님."

석주가 돌아왔다.

그는 타케루 앞에 무릎을 꿇고 앉았다.

그러고는 타케루가 따라 주는 소중한 물을 공손히 받았다.

"감사합니다."

"다들 불만이 많겠지?"

"예."

무엇보다 물과 식량이 부족했다.

여섯 번째 웨이브 당시, 경계면 하나에서 웅덩이를 발견하긴 했다.

그러나 그 웅덩이에서 식량과 물을 얻기 위해선 항상 몬스터들을 뚫고 가야 했다. 얼마나 바글거리던지 한때는 웨이브보다 피해가 큰 적도 있었다.

타케루도 지금 마시고 있는 물이 마을에 남은 마지막 물이라는 것쯤은 알고 있었다.

"그럼 네 생각을 말해 봐."

"경계면이 하나만 남고 나머지는 닫혔습니다. 1막 2장은 경계면 안에서 수행해야 하는 것들로 채워지지 않을까 합니다. 그게 뭐가 될지는 추측할 수 없습니다. 하지만 그것이 시작되기 전에 경계면 안의 몬스터들을 어느 정도 줄여 놔야, 앞으로 퀘스트를 진행함에 있어 도움이 될 것 같습니다."

"식량과 물을 확보하기에도 용이하고."

"예. 그리고……."

"그리고?"

"만일 경계면 너머의 끝이 다른 무대와 이어진다면 선택지가 늘어납니다."

1막 2장의 시작이 명시됐지만, 첫 퀘스트까지 준비 기간이 부여됐다.

시간은 넉넉하다.

거기가 얼마나 넓을지는 알 수 없으나, 타케루는 시도해 볼 만한 가치가 있다고 판단을 내렸다.

정말 다른 무대와 이어진다면 물자와 인력을 보충할 수 있는 기회이기도 했다.

타케루는 어떤 무대와 이어지든 그럴 자신이 있었다.

＊　　　＊　　　＊

　모두가 전투에 숙달됐다. 마지막 웨이브를 끝내며 보상을 톡톡히 받았다.

　가시거리가 문제인 점은, 그동안 비교적 쓸모없다고 여겨져 왔던 가시거리를 확장시켜 주는 아이템들로 상쇄시켰다.

　그날 밤.

　어차피 어둠뿐인 경계면 안이라 밤이랄 것도 없지만, 타케루는 수면을 지시했다.

　당번이 지키는 영역 안에서 모두가 곯아떨어졌다. 그러나 타케루는 좀처럼 잠이 오지 않았다.

　계속 생각나지 말아야 할 게 그를 괴롭히고 있기 때문이었다.

　남기고 온 돈!

　조직 자금 관리자의 충고대로 자산을 긴급 처분해 값이 떨어지긴 했어도 큰돈이었다.

　일만여 명의 조직원들을 움직였던 권력!

　명절 때가 되면 지역 유지들과 정치인들이 가족들과 함께 안부 인사를 왔었다.

　그가 누려 왔던 것들은 여기에서 누리고 있는 것과는 비교조차 되지 않았다.

외계의 침공이라는 별스러운 사건이 터졌어도, 세상은 크게 변함이 없었으며 잘만 돌아갔다.

'언제 끝나는 거냐. 이 지랄은.'

어떤 별난 놈들은 각성하게 된 것을 기회라 여기기도 했다.

그걸 떠올린 타케루는 쓰게 웃었다.

하지만 그의 인생에서 최고의 기회는 뭐니 뭐니 해도 십 년 전.

산구조(山口組:야마구치구미)의 쇠락이었다.

믿을 만한 정보통에 따르면 산구조의 비자금이 일제히 증발했다고 했다.

산구조의 총본부 조장은 더 오래전에 죽었다. 산구조를 장악한 다케우치 류세이를 상대로, 도쿄의 밤거리를 완전히 되찾을 기회가 그때 보였다.

그래서 일개 행동대장 신분으로 산구조와의 전쟁을 강력히 주장했었다.

누구보다 앞장섰었다.

자신의 이름이 걸린 분파를 가지게 된 이후로도, 그는 히트맨 역할을 신참들에게 맡기지 않았다.

물론 자신을 대신해서 감방에 간 건 신참들이었지만.

어쨌든 지난 십 년간 꾸준히 승승장구해 왔었다.

이 지랄 맞은 곳에 빨려 들어오지만 않았다면, 지금 자신은 롯본기에서 여자를 낀 채로 돈이나 세고 있었을 거란 말이다.

스킬?

초능력?

평범한 인간을 압도하는 신체 능력?

웃기는 소리 마라.

그것들은 빌어먹을 인도관이 무대를 더 재미있게 만들려는 장치에 불과하다.

힘에 취한 모습을 지켜보며 낄낄대고, 각성자들이 더 현란한 수로 서로를 죽일 때면 아주 박장대소를 하고 있을 것이다.

붉게 변한 조그마한 얼굴로.

타케루는 입술을 핥았다.

알콜 생각이 간절했다.

거하게 취할 정도로 마실 수만 있다면 열 명의 목을 벨수도 있다고 생각했다.

이튿날 타케루를 포함한 34인은 계속 어둠을 돌파했다. 질릴 만큼 달라붙는 것들과의 전투가 잇따랐다.

그런데 어느 순간부터였다.

몬스터가 나타나질 않고 있었다.

타케루는 이렇게 조용할 때야말로, 무슨 일이 일어나는지 알고 있었다.

어디 타케루뿐인가. 모두는 긴장했다. 갑자기 인도관이 나타나서는 또 서로를 죽여 대라는 지시를 내릴지도 몰랐다.

그렇게 그들이 걷는 속도는 한참 느려졌다.

또다시 밤이 찾아올 거라고 생각되던 시각.

타케루가 멈춰 섰다.

그때 보다 앞에서 걷던 수색조도 움직임을 멈췄다. 타케루의 입꼬리가 비릿하게 올라갔다.

그의 동공에는 낚시를 하고 있는 사람들의 모습이 박혀 있었다.

'이런 식인 거로군.'

처음부터 다른 무대와 이어져 있던 것인지는 알 수 없다.

이렇게 깊숙하게 들어와 본 적이 없었으니까. 매번 몬스터들과 싸우며 웅덩이에 도착하면, 이후엔 물과 식량을 확보한 직후 돌아갔어야만 했다.

지체하는 순간 새로 나타난 몬스터들에게 포위되기 십상이었으니까.

어쨌든 다른 무대와 이어질지도 모른다는 가정이 사실로 판명됐다.

타케루가 손짓했다. 그의 수색조가 은밀하게 그룹원들에 합류했다. 타케루는 웨이브 전투에서 썼던 수신호로 대화를 대신했다.

낚시를 하고 있는 숫자는 고작 열 명밖에 되지 않았다.

쳐!

타케루의 지시가 떨어졌다.

$$*\qquad*\qquad*$$

열 중 아홉을 놓쳤다.

'전부가 다 순간이동의 인장을 가지고 있을 줄이야.'

타케루가 신경질적으로 여자의 윗도리를 찢었다. 브래지어 없이 큰 가슴이 출렁였지만 거기에는 조금도 관심이 없었다.

그런 것 따위는 질리고도 질린다.

그의 시선은 여자의 맨살에 집중되어 있었다. 더 남은 인장은 보이지 않았다.

"너 때문에 내 소중한 인장을 날렸어. 어떻게 보상할 거냐."

"누…… 누구세요."

여자는 흔들리는 시선으로 자신을 내려다보고 있는 눈동자들을 쳐다보았다.

조금의 연민도 없는, 사냥꾼들의 눈동자임에 틀림없었다. 본능적으로 그걸 알아차린 여자는 온몸을 덜덜 떨었다.

"누구긴. 네년과 똑같은 사람들이지."

타케루가 여자의 뺨을 단검으로 쓸어내렸다. 핏방울이 맺혔다.

타케루가 일어서자 그녀를 내려다보고 있던 그의 그룹원들이 움직였다. 실오라기 하나 남김없이 여자를 벗겼다.

그때 타케루가 석주의 표정을 눈치채고 그에게 다가갔다. 석주의 손에는 A4 용지만 한 몬스터 가죽이 들려 있었다.

「 마석 50개로 교환이 가능합니다. ― 마석 은행 」

큼지막한 손도장이 찍혀 있고 옆에 서명도 있었다.

타케루는 웃어 버렸다.

"크크큭. 장난치냐."

시작의 장에 진입한 이후 처음으로 진심이 우러난 웃음이었다.

타케루가 석주의 손에서 그걸 낚아채 찢어 버렸다. 몇 조각 난 가죽이 여자의 벌거벗은 몸 위로 잔인하게 떨어졌다.

석주가 생각 깊어진 표정으로 타케루의 귀에 대고 몇 마디를 속삭였다.

타케루는 고개를 끄덕이고는 여자 앞에 쪼그리고 앉았다.

여자의 허벅지에 단검을 박으며 그녀의 입을 틀어막는 것도 함께였다.

"흉터 걱정할 것도 없잖아. 여자들에겐 참 좋은 세상이지. 몇 가지 물을 텐데, 거짓말이라고 생각되면 너도 낚으다. 두 번은 없지."

여자는 희번덕거리는 눈동자를 향해 고개를 끄덕였다.

"얼마나 남았어?"

타케루가 여자의 입에서 손을 뗐다. 여자는 비명을 질렀다가는 허벅지에 박힌 단검이 제 미간을 꿰뚫어 버릴 거라는 것쯤은 알고 있었다.

그래서 신음을 삼키는 데 주력하며 얼굴을 일그러트렸다.

"팔, 팔십……."

"팔십 명?"

"그, 그래요."

"두목에 대해서 말해 봐. 너희들을 누가 지배하고 있지?"

"그런 거 없…… 없어요."

여자는 황급히 말을 붙였다. 그 순간에 자신을 쳐다보던 눈동자에서 죽음의 기운이 느껴졌기 때문이었다.

"오, 오딘이라는 남자는 있어요."

그때 석주가 타케루 옆으로 황급히 쪼그리고 앉으며 말했다.

"조장님……."

타케루는 미간을 꿈틀거리는 얼굴로 몸을 일으켰다. 그의 공백을 석주의 목소리가 채웠다. 그가 상냥하게 짓는 표정이 여자에게는 조금이나마 위안이 됐다. 진실은 전혀 다를 것을 알면서도.

"오딘에 대해서 더 말해 보세요."

"저희들 중에서 가장 강한 분이에요."

"그렇게만 말하면 선뜻 와닿지가 않죠."

"그분에 대해선 강하다는 것 외에는 아무것도 몰라요. 정말이에요. 믿어 주세요."

"좋아요. 제일 강하다고 했는데, 어느 정도로 강한 거죠?"

"몬스터를 혼자서 해치웠어요. 마지막 웨이브…… 그것도요."

"마지막 웨이브라면 보스 몬스터를 말씀하시는 것 같은데, 맞나요? 떨지 말고 자세히 말해 보세요. 여기서 죽기엔 지금까지 버텨 왔던 게 아깝지 않아요? 돌아가야 할 가족이 있잖아요."

여자가 그렇다고 대답하려던 바로 그 찰나였다.

쉐엑—

석주의 어깨를 비스듬히 스쳐 날아온 일본도 하나가 여자의 입을 관통했다.

"컥!"

타케루가 여자의 입을 뚫고 땅에 박힌 일본도를 수거했다.

빼낼 때 여자의 이마를 향해 칼을 그어 올렸던 순간이, 그녀의 마지막이었다.

촤악!

핏물이 일본도의 궤적을 따라 허공으로 뿌려졌다.

"방어 태세를 갖추기 전에 친다."

타케루가 말했다.

마을에 팔십 명이나 남아 있고 혼자서 보스 몬스터를 처리한 자가 있다고?

말 같지도 않은 소리를 누구한테.

*　　　*　　　*

"열? 스물? 모르겠는데, 많았다는 것만큼은 확실해요."

"어떤 새끼들이여."

"진희 누나가 없어요."

"붙잡혔어?"

"……."

"알겠으니까 동상은 빨랑 오딘을 데……!"

성일은 말을 끊으며 청년을 뒤로 밀었다.

경계면에서 청년이 말했던 습격자들이 뛰쳐나오고 있었다.

어둠을 뚫고 나온다.

습격자들의 수가 빠르게 불어났다. 성일의 눈에도 습격자들은 추호의 망설임이 없었다.

습격자들은 사람 냄새를 쫓아 달려드는 몬스터처럼 성일과 경계면에서 갓 도망쳐 나온 사람들에게 달려들기 시작했다.

성일의 시선을 꽉 채운 건, 난데없이 그의 코앞까지 당도한 화염구 하나였다.

팡! 화르륵—

성일의 얼굴에 직격했다. 잘게 쪼개진 불똥이 사방으로 튀었다.

눈앞에서 메시지가 번뜩인 순간, 성일은 충격과 함께 고개가 꺾였다.

하지만 성일의 고개는 곧장 제 위치로 돌아왔고 그는 전방의 광경을 제대로 보았다.

현란한 마법체와 투사체들이 허공을 가로지르고 있었고,

성일이 눈을 깜박이며 찰나가 지난 후에는 그것들에게 적중당한 사람들이 바닥에 쓰러져 있었다.

어떤 상황에서든 흥분을 자제해야 한다는 오딘의 경고는 생각나지 않았다.

성일은 즉각 앞으로 뛰쳐나갔다. 성일이 첫 번째로 둔기를 내려찍은 대상은 성일과 눈이 마주친 한 중년 남자였다.

성일의 공격은 빠를 뿐만 아니라 풍압(風壓)까지 가져올 만큼 위력적이다. 성큼 도약해 위에서 아래로 내리쳤기 때문이었다.

빠각!

중년 남자는 눈앞에서 섬광이 번뜩이는 느낌을 받았다.

팔다리에 힘이 들어가지 않고 머리가 어지럽다고 느끼고 있던 그때는, 이미 무릎이 꿇려진 채로 고개를 늘어트리고 있을 때였다.

성일은 남자의 뒤통수에 다시 한번 둔기를 내리찍었다.

거기서 튕겨 나온 핏물이 성일의 얼굴에 뿌려졌다. 성일은 주변을 두리번거렸다. 도와줘야 할 사람들이 너무나 많았다.

당장 습격자들의 수를 분간할 수 없었으며, 경계면에서 도망쳐 나온 사람들이 그것들의 공격에 고스란히 노출된 상태였다.

"쓰벌! 호로 잡놈의 새끼들⋯⋯."

성일은 달려갔다. 마을 남자와 습격자가 칼을 주고받고 있는 쪽이었다.

성일이 그 습격자의 뒷머리를 둔기로 후려친 다음에 소리쳤다.

"빨랑 오딘을 데리고 와!"

"아저씨는요?"

"아따 여기는 신경 *끄고오!*"

*　　　*　　　*

체격이 탄탄하고 우람한 남자.

비록 외팔이지만 그자의 빠르고 강력한 공격에 그룹원들의 피해가 속출하고 있었다.

당장만 해도 그자를 둘러쌌던 셋 중 하나가 나가떨어지는 중이었다.

얼굴이 아작 난 채로!

힐러가 힐을 쏟고 있지만 움직임이 없는 걸로 봐서는 둔기에 맞은 순간 즉사한 것 같았다.

타케루는 빠르게 지시했다. 도망자들을 쫓아 마을로 들어가는 것보다도 저 무지막지한 남자부터 쓰러트리고 볼 일이었다.

타케루의 지시가 떨어지자마자, 그의 그룹원들이 남자를 에워쌌다.

보스 몬스터를 상대할 때와 같았다.

역할에 맞게 적당한 거리를 둔 채 남자를 중앙으로 몰아넣었다.

그럴 수밖에 없었다.

왜냐하면 남자의 능력은 실로 압도적이라, 광포한 황소가 따로 없었기 때문이다.

남자가 도약해서 부딪쳐 올 때마다 그쪽의 탱커 진영에는 균열이 생겼다.

남자는 열이 뻗친 무식한 얼굴로 고함을 질러 댔다.

"여기가 어디라고 쳐들어와!"

뒤에서 힐과 버프를 충분히 지원해 줄 수 없었다면 포위망은 진즉에 박살이 났을 것이다.

타케루는 감탄하는 한편 납득되지 않았다.

마을의 온 물자를 독식해 온 자신보다도 강력하지 않은가?

혼자서 보스 몬스터를 처치했다는 말은 물론 얼토당토않은 거짓말이겠으나, 그 정도까지 비유를 들 수 있을 만큼 강한 것이 사실이었다.

그런데 남자 본연의 능력치가 일반적인 수준을 뛰어넘은

것도 맞지만 그가 지닌 보호막의 발원지(發源地)인 남자의 흉갑 또한 예사 물건이 아니었다.

저 흉갑 하나로 그룹원들의 마법 및 물리 스킬들을 다 받아 내고 있었다.

그것이 타케루 본인이 근접해서 공격하기 꺼려지는 이유 중에 하나였으며, 두 눈을 욕심 찬 갈증으로 물들인 까닭이었다.

그때 석주가 타케루의 등에 대고 말했다.

"스킬이 충전되었습니다."

포위망을 구성한 상태에서 자칫 스킬이 빗나가기라도 하면 참사가 일어난다.

그때가 남자에게 기회가 된다. 지금에야 탱커들로 이뤄진 벽들에서 빠져나오지 못하고 있지만, 빠져나오는 순간부터는 저 미친 황소가 그룹원들을 들이받기 시작할 터였다.

이미 남자의 둔기에 두개골이 박살 난 수만 여섯이 넘어갔다.

포위망을 갖추기 전에 일어난 피해였고, 타케루 본인이 아끼던 녀석도 포함되어 있었다.

그러니까 저 미친 황소의 발부터 묶어 놓고서 시작해야 하는 거다.

"준비해."

타케루는 단검에 묻어 있는 피를 바지에 닦으며 뇌까렸다.

화악!

속박 효과를 담은 기운이 남자의 발밑에서 치솟아 올랐다.

이제 타케루의 입에서 한 마디만 떨어지면 남자를 향해 그룹원 전원의 충전된 스킬들이 일제히 날아갈 순간이었다.

그런데 타케루의 눈살이 찌푸려졌다.

남자는 지금까지 날뛰던 그대로 탱커 진형의 방패에 둔기를 쑤셔 박고 있었다.

타케루와 눈빛이 부딪친 그의 그룹원이 고개를 저었다.

보스 몬스터를 공략했을 때에도 똑같은 일이 있었다. 그 때에도 속박할 수 없다는 듯한 눈빛과 함께 저런 고갯짓을 보였었다.

쾅! 쾅! 쾅!

"쓰벌 잡것들아 이것밖에 못 혀?"

남자의 목소리가 부쩍 커졌다. 남자의 강력한 공격을 줄 곧 받아 내고 있던 탱커 하나가 바닥에 쓰러져 있었다.

대체 능력치가 얼마나 되는 것일까.

탱커들에게 부여된 버프들과 방어 아이템들을 짓이겨 놓는 근력도 그렇고, 지칠 줄 모르는 체력도, 스피드도, 감각도 그렇다.

문득 타케루의 입가에 미소가 스치고 지나갔다.

'저렇게나 강하다면…… 크크.'

이 마을도 자신의 마을처럼 강력한 리더에 의해 장악된 마을임에 틀림없었다.

저자의 잘린 목을 들고 가는 것만으로도 이 마을은 무력해진다.

'이 전투를 끝으로 물자와 사람들을 확보할 수 있겠군. 추가 전투 없이 안정적으로. 좋아.'

타케루는 결단을 내렸다.

피해가 늘겠지만 시간을 더 끌 수는 없었다. 이 마을 사람들이 당도하기 전에 마을 리더의 목을 잘라 내야 한다!

계속 탱커 진영으로 붙잡고 있는 것도 효율적이지 못하고!

타케루의 신호가 떨어졌다. 탱커들 뒤에 포진해 있는 이겹, 원거리 딜러 진영에서 타케루를 당황한 시선들로 쳐다보았다.

모든 스킬들이 적중되리란 보장이 없었다. 남자는 괴력만 지닌 것이 아니라 빠르기까지 했으니까.

남자에게 적중하지 못하고 빗나간 스킬들은 고스란히 같은 그룹원의 탱커들에게 날아가게 될 것이다.

하지만 타케루는 지시를 번복한 적이 없었고, 지시를 어긴 자를 어떻게 다뤘는지 모두가 알고 있었다.

그래서 시작됐다.

화염, 빙결, 암흑 등.

다양한 특성을 품은 발사체들이 사방에서 남자를 향해 뻗쳐 나갔다.

남자는 똑같았다. 적중될 때마다 움찔거리면서도 더 열이 뻗친 얼굴로 둔기를 휘둘러 대는 것이었다. 남자가 피한 마법 발사체들은 경로상에 존재했던 탱커들에게 부딪쳐 댔다.

하지만 확실한 건, 남자에게 적중된 수가 훨씬 많다는 것이었다.

남자의 보호막이 희미해지다가 결국 사라졌다.

'사냥 시작이군.'

타케루는 지면을 박찼다.

같은 그룹원의 마법을 맞고 쓰러진 탱커들을 훌쩍 뛰어넘었다.

인장과 아이템으로 민첩을 두 단계 상승시켰다. 순간에 C 등급 수준의 몸놀림을 끌어낸 타케루는, 남자의 커다란 등짝을 노렸다.

아무 데나 찔러 넣어도 보통 확률로 빙결계 효과가 터지는 단검이다.

스스슷—

타케루는 성공을 직감했다.

방어막이 문제긴 하지만 이번 공격으로 다 벗겨 낼 수 있을 것 같았다.

타케루의 단검이 남자의 등, 정확히는 거기에도 둘러져 있는 방어막에 부딪쳤을 때였다.

[대상에게 중량의 물리 피해를 입혔습니다.]

[* 피해 수치를 파악하기 위해선 개안의 등급을 상

승 시키십시오.]

타케루는 빌어먹을 소리가 목까지 치밀어 올랐다. 다 벗겨 낸 줄로만 알았던 방어막이 아직 한 꺼풀 더 남아 있었다.

'지가 무슨 보스 몬스터라도 된단 말이냐.'

타케루가 후속 공격을 그의 그룹원들에게 맡기고 뒤로 훌쩍 뛰었던 그때.

큼지막한 손아귀가 쫓아와서는 타케루의 발목을 움켜쥐었다. 그러고는 냅다 바닥에 꽂아 버리는 거였다.

쾅!

타케루는 순간에 피어오른 흙먼지가 시야를 가린 것보다 뒤통수와 등에서 일어난 통증 때문에라도 눈앞이 아찔했다.

"얍삽한 쓰벌아. 니가 대장이지?"

무겁되 화가 잔뜩 섞인 목소리가 타케루의 얼굴로 떨어졌다.

타케루는 발목을 붙잡힌 것부터 떨쳐 내려 했다.

"으으윽……."

그쪽 뼈가 박살 나고 있었다. 근력의 인장을 사용했어도 소용이 없었다.

상대 쪽이 훨씬 우세했다. 무지막지한 괴력으로 탱커 진영의 방패를 때려 댔을 때부터 알아봤던 것인데, 직접 체감하고 보니 그것은 예상한 고통 이상이었다.

"어디서 힘으로 앵겨. 번데기 앞에서 주름 잡는 것이여? 계속혀 봐."

때는 타케루의 그룹원들이 힐을 넣어 주고 있던 때이기도 했다.

뼈가 붙자마자 다시 박살 나는 상황이 찰나에 반복된 직후.

남자는 타케루를 무기처럼 쓰기 시작했다.

그를 잡기 위해 버려둔 둔기 대용으로 말이다. 남자가 타케루를 휘두르며 그에게 접근하던 타케루의 그룹원들을 강타했다.

휘잉— 퍽!

"악!"

남자가 타케루를 위에서 아래로 휘두를 때면 타케루의 세상은 반전됐다.

남자가 타케루를 좌에서 우로 휘두를 때면 타케루의 세상은 빠르게 돌고 돌았다.

풍압 실린 바람이 눈과 귀 그리고 코 등, 얼굴의 구멍을 사정없이 파고들었다.

타케루는 뭔가에 강력하게 부딪쳐 대고 있다는 것만 깨닫고 있을 뿐, 자신이 둔기 대용으로 쓰이고 있다는 것까지 깨닫기에는 차마 정신이 없었다.

남자는 그야말로 고삐 풀린 황소였다. 타케루를 마구잡이로 휘두르며 그를 포위하고 있던 탱커 진영에 부딪쳐 댔다.

피가 양쪽에서 다 튀었다.

버프가 꺼진 탱커들에게서도, 그 탱커들에게 작렬한 타케루에게서도.

한편 석주는 경악했다. 리더의 몰골이 너무나 처참하고 무력했기 때문이었다. 타케루가 어떤 사람인데…….

세상에 다시없을 잔혹한 사람이 더 잔혹한 방식으로 다뤄지고 있었다.

석주는 타케루를 버리기로 결심했다. 보스 몬스터 같은 저 남자의 손아귀에서 타케루를 구해 내기란 쉽지 않아 보였다.

그래서 도망칠 방향을 쫓아 후방, 들어왔던 경계면 쪽으로 고개를 돌렸다.

"……."

언제부터였지? 눈앞의 광경에 압도되어 인지하지 못했었다.

어느새 이 마을 사람들이 그쪽 방면의 퇴로를 차단하고 있었다.

'포위됐어.'

석주뿐만이 아니라 타케루의 그룹원 모두도 그 사실을 깨달아 갔다.

마침내 남자가 탱커 진영을 박살 내며 뛰쳐나왔다. 남자는 그에게 첫 화염구를 던졌던 녀석을 발견하고는, 그 녀석의 얼굴에 타케루를 휘둘렀다.

두 개 얼굴이 서로 충돌하는 순간.

누구의 것인지 모를 비명 소리가 터져 나왔다. 비명은 신음 소리로 이어졌다.

"끄으…… 으……."

타케루에게서 나는 소리였다.

타케루와 충돌했던 녀석은 멀찌감치 튕겨 날아가 버렸고.

남자는 타케루를 바닥에 내동댕이쳤다. 습격자들이 무릎을 꿇고 두 팔을 머리 위로 올리기 시작한 시점에서 전투가 끝난 것이었다.

남자가 발끝으로 타케루를 뒤집어 까면서, 그 처참한 얼굴에 대고 말했다.

"문신 박은 꼬라지 봐라. 학교 댕겨 왔냐. 니 뭐 하는 자슥이여."

"살…… 살려 주…… 십…… 시오…… 오딘……."

원래 타케루는 눈도 제대로 뜨지 못했다. 그런데 남자가 그렇게 말하는 순간, 부어터진 그의 눈이 흠칫 부릅떠졌다.

"나 오딘 아닌디?"

Chapter 7.

오히려 몬스터와 시작의 장이 현실적이었다.

한국 조폭만 해도 실생활에서 만나기 어려운 치들인데 야쿠자라니.

그것도 이나가와회라는 일본의 3대 야쿠자 조직 중 한 곳에 몸을 담고 있는 자였으며, 그것도 이나가와회의 핵심 간부라고 하였다.

성일은 타케루의 전신에 둘러져 있던 야쿠자식 문신과 그의 어눌했던 한국 발음을 떠올렸다. 거짓이 아닌 것 같았다.

그래서 그는 타케루가 죽기 전에 토해 냈던 경고가 계속 마음에 걸렸다.

현실로 돌아가면 피의 응징이 있을 거라고 했다.

"낮말은 새가 듣고 밤말은 쥐가 듣는다고, 어떻게든 흘러 들어갈 거 아니여. 몇 명이나 듣고 봤는디. 쓰벌. 뒈져놓고도 성가시게 구는구만."

성일이 굳어진 표정으로 말했다.

생각해 봤다.

바다를 넘어 한국으로 들어온 야쿠자들이, 시도 때도 없이 가족을 노리는 모습을 말이다.

성일은 선후가 피식 웃는 모습을 보며 다시 입을 열었다.

"웃을 일이 아니여. 야쿠자라잖아. 그런 것들은 말로만 들었지. 아니, 왜 여기까지 나타나서 지랄인 거여."

"협회로 들어와."

"세계 각성자 협회?"

"우리가 보호해 주지. 부와 명예도 주고. 그래도 불안하다 싶으면 네가 먼저 치면 되잖아."

"저짝들 중에도 각성자가 나올 거 아녀. 조직원이 그렇게 많다는디."

"별걱정을 다한다. 너는 앞으로 더 강해져."

"나는 괜찮은디, 기철이가 있잖어. 다 큰 놈을 항상 끼고 다닐 수도 없는 거 아녀."

"그거야 돌아가는 데 성공했을 때나 할 수 있는 말이지."

"그렇긴 한데…… 아니다, 니 말이 맞어. 일단 여기서 살아 나가고 볼 일이여. 야쿠자든 조폭이든 또 깝치면 뚝배기 깨 불고. 근디 부와 명예를 준다는 건 뭐시여?"

"왜 관심 있어?"

"개평 챙겨 준다는디 뭐 땀시 거절하겄어."

"살아 나가기만 한다면 자연히 따라오지 않겠어? 연예인보다 유명해지고, 어지간한 부자들보다 더 많이 벌 수도 있겠지."

"흐헤헤헤. 전 여편네가 땅을 치고 통곡하겠구만. 그러게 내 항상 말했다니까. 이 지랄 맞은 팔자는 장년에 핀다고."

"살아남기만 해. 이수아랑."

"그 동상은 왜?"

"둘이 한 팀인데 서로 끌고 가야지."

성일은 고개를 끄덕였다.

보스전을 돌이켜 보건대 오딘과 한 팀이었다고는 말할 수 없었다.

같은 파티로 묶여 있긴 했지만, 오딘은 머물고 있는 영역부터가 달랐다. 같이 동고동락할 진짜 동료는 오딘의 말마따나 수아였다.

어린 동상이고 생긴 것도 반반한 데다 몸매도 그 정도면 수준급이다.

그러나 오딘의 눈에 들기 위해서라면 어떤 짓도 할 기세
는 위험천만해 보일 뿐만 아니라, 제 잇속을 챙기는 데에도
능해 보여서 어쩐지 마음이 가지 않는 것이 사실이었다.

그러던 중 성일은 새삼 별세계에서 살아가고 있다는 것
을 깨달았다.

말로만 들었던 야쿠자 간부도 잡아 보고, 예쁘장하고 잘
나가는 여성 펀드 매니저와 한 팀을 이루고 있는 것이었다.

이전이었다면 꿈도 꿀 수 없었던 일들이다.

그래.

여긴 사나이 권성일의 인생을 반전시킬 수 있는 기회가
될 거다!

그때 수아가 돌아왔다.

"자치 위원회에서 오딘의 의중을 물어 왔어요."

포로들의 처우에 관한 것이었다.

"다 죽이든 살리든 관심 없어. 알아서들 하라고 해."

＊　　　＊　　　＊

믿기지 않았었다.

광포한 황소 같이 강력했던 남자는 오딘이 아니었다. 오
딘은 따로 있었다.

마지막 순간에 아무런 장비 없이 나타났던 청년!

이 마을 사람들이 그를 대하던 자세에서도, 자신을 내려다보던 섬뜩한 그의 눈빛에서도 알 수 있었다.

하지만 정작 오딘은 자신들의 생사를 결정짓는 회의에 참석하지 않았다. 오딘의 심복이었던 황소도 마찬가지였다.

또 오딘의 사람으로 추정되는, 30대 초반의 여성이 몇 번 오고 갔던 게 전부였다.

이 마을 사람들은 그녀를 수아라고 불렀다.

석주는 어쩐지 수아의 이름도 그렇고 얼굴도 낯이 익었다. 죽을힘을 다해 머리를 짜내던 끝에, 석주는 수아를 떠올리는 데 성공했다.

"수, 수아 씨!"

석주가 황급히 외쳤다. 날 선 시선 수십 개가 석주에게 향했다.

"저 기억 안 나세요? 저 민석주입니다. 작년도 전일인의 밤에서 뵈었습니다."

석주는 '전일'이라는 단어에 힘을 주었다. 재일 야쿠자에게도 먹혀들어 갔던 카드 중에 하나가 전일이었고, 마을 자치 위원회에게도 대(大)전일 그룹의 이름은 가히 효과가 컸었다.

"재무 3팀의 민 과장이라고 하시면 아시겠어요?"

전일인의 밤은 전일 그룹 본사와 직계 계열사 팀장급 이상의 인사들이 한자리에 모이는 것으로, 업무의 연장선이었다.

전일이라는 이름 아래 모였지만 본사의 팀장과 계열사의 팀장 사이에는 넘지 못할 벽이 존재했다.

당시에는 수아가 먼저 석주에게 접근했었다. 본사의 이사들과 계열사의 사장단 및 주요 간부들이 상석에서 만남을 갖고 있는 동안에 말이다.

집안에서 닦달했던 혼처 때문이 아니더라도, 본사의 재무팀과 알아 두면 요긴할 것이 많았다.

수아는 그때를 떠올리며 석주를 위아래로 훑어보았다.

그때처럼 말끔한 정장 차림에 호감 서린 미소 그리고 전일 본사의 대단한 금배지를 차고 있었다면 단번에 알아봤겠지만, 지금 석주는 팬티만 간신히 입은 채로 무릎이 꿇려진 상태였다.

수아가 대꾸했다.

"그래서요?"

"야쿠자 때문에 어쩔 수 없었습니다. 여기가 무법천지라고 해도, 어떻게 지성인으로서 그런 일을 저지를 수 있었겠습니까."

"살기 위해서 어쩔 수 없었다는 거죠?"

"맞습니다."

"우리도 그래요. 조용히 처분을 기다리세요."

"……."

성공만을 위해 달려왔고 실제로도 성공하고 있던 인생이었다.

학교에서는 한국이 삼권 분립의 민주주의 국가라고 가르치지만, 현실은 달랐다.

입법부의 국회. 행정부의 정부. 사법부의 법원이 모두 전일 그룹의 손아귀에서 굴러다녔다. 재계 20위권의 재벌 그룹들은 껍질만 요란하지, 전일 그룹 한마디에 벌벌 떨었다.

시작의 날 이전에만 한국 경제 4할이 전일 그룹의 자산으로 잡혀 있었다.

한국은 전일이라는 금융 카르텔이 지배하는 나라였다.

그래서 목표는 처음부터 전일 그룹이었다.

CPA(공인 회계사)에 합격한 것으로는 부족했다. 하버드에서 MBA 과정을 수료하고 인터뷰까지 철저히 준비한 끝에, 대전일 그룹 본사의 재무팀에 들어갈 수 있었다.

잘나가던 인생.

앞으로가 더욱 창창했을 인생이 여기에서 무너졌기에, 사실 재일 야쿠자와 죽이 맞는 것도 있었다.

그가 한 번씩 한풀이를 할 때면 공감 가는 바가 많았다.

시작의 장을 기회라 여기는 건 사회의 패배자들이나 그

렇지, 자신이나 재일 야쿠자처럼 이미 성공을 거머쥔 사람들에게는 이렇게나 불운한 세상이 따로 없었다.

석주는 침음을 삼켰다.

이전이었다면 자신 앞에서 설설 기었을, 계열사 인사가 뭐?

조용히 처분을 기다려?

감히 대전일 그룹 본사의 재무팀 과장에게?

세상 참 좋아졌다. 그렇지?

그때 수아가 뇌까렸다.

"세상이 많이 바뀌었어요. 민 과. 장. 님."

*   *   *

재일 야쿠자의 폭압 때문에 어쩔 수 없었다고 울고불고 하며 하소연하는 습격자들.

그들도 같은 땅에서 진입해 온 누군가의 자식이며 부모였다. 그래서 마을 자치 위원회는 곤혹스러웠다.

내심 오딘이 모두를 죽여 버리고 문젯거리를 증발시켜 버리길 바랐지만, 그는 언제나 그렇듯 최소한의 개입 외에는 나서는 법이 없었다.

많은 게 문제였다.

사형하기로 한다면 집행을 누가 할 것인지.

가두기로 한다면 어떤 수단으로 그들을 가둘 수 있으며, 언제까지, 또 누가 지키고 있는지.

마을의 일원으로 받아 주기로 한다면 거기서 파생할 문제는 어떻게 감당할 것인지.

그래서 결정된 것이 추방이었다.

수아가 마을 자치 위원회의 한 사람으로서 석주에게 경고했다.

"비슷한 일이 다시 일어나면 그때도 재일 야쿠자 때문이라고는 못 하시겠죠. 명석한 분이니 두말하지 않겠어요."

"수아 씨. 이대로 돌아가면 똑같습니다. 우리 모두를 죽이는 겁니다."

"설마 우리 마을로 편입되길 기대했던 건가요? 그럴 리가 없잖아요."

"오딘을 만나게 해 주십시오."

"가세요. 돌아가서 다시는 우리 마을에 얼씬도 하지 마세요."

"……알겠습니다."

석주를 포함해 속옷뿐인 남녀 27인은 경계면 밖으로 쫓겨났다.

사건은 그들이 제 마을로 돌아가는 도중에 일어났다. 계속 앞서 걷던 석주를 노려보던 남자가 다 들으란 듯이 뇌까렸다.

"일제 시대에 태어났다면 틀림없이 나라를 팔아먹었을 놈이야. 앞잡이 새끼."

"너 지금 뭐라고 했어."

"너? 이제야 본색 나오네. 내가 틀린 말 했냐? 일본 놈에게 딱 붙어서 우리 피 빨아먹으니까 좋대?"

"타케루는 씨발, 한국 사람이야. 재일 한국인 몰라?"

"씨발? 입에 딱딱 달라붙는 것이 한두 번 해 본 솜씨가 아니네. 전일 그룹 다녔다며. 그 잘난 체면은 밥 비벼 먹었나 봐."

"이런 병신 같은 것…… 너 같은 새끼 때문에 나라 발전이 막혀요. 세상이 바뀌었다고 개나 소나 인생 역전할 것 같지? 안 그래?"

"뭐?"

"너 같은 하층민 새끼들은 여기서도 똑같아. 머리가 안 돌아가?"

따뜻한 미소와 차분한 말씨로 재일 야쿠자의 폭정으로부터, 그나마 사람들을 안심시키고 보호해 왔던 게 그들이 봤던 석주의 모습이었다.

하지만 지금.

석주는 그동안 그들이 봐 왔던 모습과 딴판으로 돌변해 있었다.

"너 같은 노동자 새끼들이 아이템 띄우고 바칠 때, 나하고 황관호는 뭘 띄우고 있었을 것 같냐. 병신아. 가만히 있으면 중간이라도 따라가는 거야."

남자는 불안한 시선으로 주변을 두리번거렸다. 모두가 석주의 태도에 놀라면서도, 남자의 시선만큼은 외면하고 있었다.

"꿇어."

"뭐?"

"살려 줄 테니까 꿇으라고."

"미친 새끼…… 왜 가만히들 있는 겁니까. 이 새끼 본모습 보고도 정신 안 차릴래요?"

남자가 사람들에게 다급히 외쳤다. 하지만 들려오는 대답은 전무했다.

남자는 석주의 붉어진 두 눈에서 살의를 느낀 시점에서 두 주먹을 움켜쥐었다. 그럼에도 불구하고 어쩐지 공격할 용기가 나지 않았다. 석주가 품고 있는 살의에는 남자를 정말로 하찮게 여기는 느낌까지 품어져 있었다.

직전에 석주가 들려 준 말이 없었더라도, 남자는 그동안 석주가 능력을 숨기고 있었다는 사실을 깨달았다.

남자가 이를 악문 채 석주를 노려보는 시간이 길어졌다. 그러나 시간이 지날수록 그의 시선은 점점 힘을 잃어 갔다.

"크윽."

남자가 수치스러운 얼굴로 무릎을 꿇었고, 석주가 그의 뒤통수에 발을 올렸다. 남자는 본능적으로 머리를 짓눌러 오는 힘에 대항했다.

소용없었다.

순간에 팽팽하던 끈이 끊어졌을 때처럼, 남자의 얼굴이 땅에 처박혔다.

"넌 앞으로 노예다."

그러며 사람들을 돌아보면서 말했다.

"마을에 비밀 창고가 있다. 1막 2장은 그걸로 일단 버티……."

그때였다.

"언제나 느끼는 것인디 사람이 참 똑똑혀. 후환을 절대 남겨 두는 법이 없잖어. 나도 그런 점을 배워야 할 텐디."

석주가 볼 수 없던 어둠 속에서 두꺼운 목소리가 뻗쳤다.

"뭐, 뭡니까?"

"우리도 끔벅 속을 뻔했지 뭐여."

"당…… 당신……."

성일이 굳은 표정의 수아와 함께 걸어 나왔다.

"맞어. 오딘이 보냈구만. 뚝배기 안녕하시지?"

[저 보고 싶으셨죠? 여러분들이 대단한 성과를 내
준 덕분에 1막 2장의 인도관으로 제가 승급 되었답니
다. 제가 말이에요. ٩(✿ ˊ ᵕ ˋ ✿)ﾉ]

사람들은 조마조마한 표정으로 운집해 있었다.

[벌써 다른 무대와 만나셨던 걸 알아요. 눈치 빠른
분들은 여러분의 무대가 사방의 도로 끝으로 다른 무대
들과 이어져 있다는 걸 깨달았을 테죠. 1막 2장은 다섯
개의 무대가 한 무대로 합쳐져 운영 돼요. 가장 대단한
성과를 내 주신 여러분들의 무대를 중심으로, 네 방향
에 있는 다른 무대들과 함께하는 거예요. 그러니 지금
부터는 모두가 함께 같은 무대에 속하게 된 거지요. 어
렵지 않죠?]

반면에 웃는 표정으로 날아다니는 정령은 가벼운 몸짓만
큼이나 진심으로 즐거워 보였다.

[여러분들이 머물고 있는 중앙 지역에서 퀘스트가

진행 되기 때문에 위험 대비 특전이 준비 되어 있어요.

준비하세요. 특전 들어 갑니다-]

그 순간에 정령의 색채가 붉게 변했기 때문이었다.

사람들의 눈앞으로 실버 박스를 선택할 수 있는 권한이 떠올랐음에도, 섣불리 박스를 선택하는 사람은 나오지 않고 있었다.

하지만 취소할 권한은 없었다. 선택하지 않는다면 24시간 후에 임의로 개방된다는 메시지가 덩달아 뜨고 있었다.

선후는 이것이 던전 박스와 똑같은 거란 걸 이미 알고 있었다.

과거에도 1막 2장을 중앙 무대에서 시작했으며, 지금과 똑같이 특전이라며 실버 박스를 받았었다.

그때 저주가 튀어나왔던 게 선후에게는 큰 불운의 시작이었다. 간신히 '그 여자'의 눈에 들어 본격적으로 그룹 일에 참여하게 된 때였기에 결과는 참혹했다.

저주를 없애기 전까지 배척받았다. 오랫동안 성장이 지연됐고, 그 일은 시작의 장이 끝날 때까지 스노우볼로 작용했다. 그렇게 시작의 장을 끝냈을 때까지 E 등급 수준에서 그쳤던 것이다. 하지만 현재 선후는 실버 박스에서 얻을 게 없는 경지에 올라 있다.

있다면 하나.

'저주겠지.'

[* 보관함]
[비슈누의 정화 반지가 제거 되었습니다.]

[비슈누의 정화 반지 (아이템)
효과: 착용자의 공포증을 제거 합니다.
물리 방어력: 2500/2500
마법 방어력: 3000/3000
등급: A
재사용시간: 7일]

우연희가 곁에 있었다면 이런 아이템 따위는 필요 없었다. 마을 사람들이 공포증에 걸려서 일으킬 문제도, 빠르게 정리할 수 있었다.

하지만 선후는 그런 이유들보다도 우연희 그녀 자체가 그리워졌다.

모든 사람을 구해 내겠다고 고군분투하고 있지는 않을까? 정장 입은 독사들의 근사한 매력에 매혹되지는 않았을까? 1막 1장의 히든 보상인 인벤토리 시스템은 확보했을까?

그녀와 1막 2장을 함께하게 될 가능성은 극히 적었다. 그랬다면 이미 그녀가 자신을 찾아 중앙 무대로 들어왔을 테니까.

선후는 생각을 그치고 박스를 선택했다.

실버 박스로 어떤 수치도 올릴 수 없고 인장도 열 개 가득 차 있는 상태에선 뻔했다.

쓸모도 없는 E 등급의 아이템. 띄워서 마을에 유통시키는 거다.

[실버 박스(아이템)이 개봉 되었습니다.]
[공포증(화염)을 획득 하였습니다.]

스킬들 중 비중이 큰 것이 화염 특성인데, 화염 공포증을 얻어서 어떡하라고? 대책이 준비되어 있음에도 선후의 미간에 깊은 골이 생겼다.

[비슈누의 정화 반지를 사용 하였습니다.]
[공포증(화염)이 제거 되었습니다.]

선후의 손가락에서 뻗어 나온 빛이 선후의 전신으로 퍼진 시각.

마을 사람들도 보상을 고르기 시작했다. 원하던 보상물이 튀어나왔을 때는 다행이지만, 아니었을 때는 아! 하는 비명 같은 음성이 터져 나왔다.

고작 실버 박스에서 나온 저주로 바로 문제가 터지진 않는다.

선후의 눈빛을 받은 성일과 수아가 걸어왔다. 성일도 수아의 표정도 나쁘지 않았다. 선후는 살펴보고 있던 인벤토리 창을 날려 버렸다.

한편 성일과 수아는 돌아가는 상황이 제대로 파악되지 않았다. 사람들이 선택한 박스에서 뭔가 원치 않는 게 나왔다는 것만 눈치챘을 뿐, 그것이 차마 결정적인 순간에 자신과 동료를 죽음으로 이끄는 저주라는 사실을 아직 알지 못했다.

"능력치 더 올리려면 최소한 금짝이 나와 줘야 혀. 그래서 스킬 띄웠는디 이번에도 탱킹과 관련된 스킬이여. 나는 이짝으로 굳어져 버린 거 같어. 사람 생긴 걸로 차별하는 건가 싶네."

"전 마저 체력을 올렸어요."

수아가 순간 성일을 부럽다는 시선으로 쳐다보았다.

금짝.

골드 박스를 노릴 단계라는 것은, 성일의 모든 능력치가

D 등급에 이르렀다는 소리였으니까.

[모든 분들이 특전을 선택하기 전까지는 다음 진행
없어요. 서둘러 주세요.]

재촉하는 메시지가 떠올랐다. 여기저기서 들려오는 사람들
의 대화 소리에 성일과 수아도 공포증의 존재를 알아차렸다.

마을에 거래되던 인장 중에 공포증을 치료할 수 있는 게
있긴 했다. 때문에 그런 저주와 언젠가 마주치게 될 거란
걸 예상했지만, 그게 지금일 줄은 몰랐다.

그렇지 않아도 이 힘든 시기에 미소를 잃지 않았던 한 중
년 부인이 찌푸린 눈살로 사람들을 두리번거리는 모습이
보였다.

수아는 공포증을 치료할 수 있는 인장 수가 극히 적다는
게 생각났다. 마을 일이라면 냉정한 표정으로 일관하고 있
는 선후 대신 성일에게 말했다.

"오빠. 보통 문제가 아닌 것 같아요. 공포증에 걸린 사람
들 파악하고 그 내용도 분명히 알아 둬야겠어요."

"이따 보드라고."

성일이 일축하며 수아의 시선은 다시 정령에게로 향했
다.

[특전으로 보다 힘을 내 주시길 바라면서, 1막 2장의 장대한 막을 올릴게요. 마지막으로 당부할 것은 꼭 다른 무대의 분들과 화합해서 공략 해야 한다는 거예요. 그렇지 않고서는 실패뿐이니까요.]

두두두.

지면이 울렸다.

마지막 웨이브의 보스 몬스터가 출몰했던 당시를 떠올리게 만드는 울림이었다. 모두가 전투태세에 돌입하는 건 당연했다.

남녀노소 구분 없이 병기를 움켜쥐었다.

그때 선후가 성일의 귀에 대고 낮은 목소리로 말했다.

"······내가 돌아오지 못한다면 마리를 찾아."

"뭐? 마리?"

성일은 더 묻지 못했다.

그것은 보스 몬스터는 아니었지만, 그만큼이나 커다란 첨탑이었다.

마을 도로가 교차되는 중앙에서 치솟아 올랐다. 흉물이 틀림없게도, 뱀 같이 꿈틀거리는 식물들이 칭칭 동여매져 있었다.

저것이 무엇이고 또 저 안에서 어떤 퀘스트를 진행해야 하는 걸까?

사람들이 그렇게 쳐다보던 두려운 시선 속으로 뭔가가 빠르게 날아들었다.

선후였다.

그가 화염으로 이글거리는 검을 휘두르고 벼락을 동반하며 첨탑 외벽을 뛰어다닐 때마다, 불에 탄 식물들이 바닥으로 떨어져 내렸다.

정말로 사고가 가능한 식물체임에 틀림없었다.

영락없이 보스 몬스터의 촉수처럼 선후를 쫓아 꿈틀거려 대는데 그 움직임이 부질없는 잿더미로 변하기까지 계속됐기 때문이다.

이윽고 선후가 첨탑을 둘러싸고 있던 식물들을 모두 벗겨 낸 순간 감춰져 있던 문들이 드러났다.

첨탑은 총 7층.

외부 계단을 통해 각 층에 오를 수 있으며, 각 층마다 반비례되는 숫자의 문이 존재했다. 1층에는 7개, 2층에는 6개 그리고 최상층인 7층에는 1개 순이다.

선후는 뒤도 돌아보지 않았다. 유유히 걸어가 제일 끝 층, 7층의 유일한 문을 열었다.

찰나였지만 그 푸른빛이 번뜩였다가 꺼지며 선후의 긴장

된 얼굴도 함께 자취를 감췄다.

그러고는 바로였다.

콰아아앙!

선후가 들어갔었던 첨탑의 상층부가 갑자기 박살 나는 것이었다.

그러며 빠른 속도로 튀어 오른 무언가가, 지상에 거대한 그림자를 동반해 왔다.

*   *   *

팔악 팔선들은 모든 면에서 능했지만 그래도 주력으로 삼는 게 있었다.

일악: 특성, 역경자
이악: 스킬, 이지스의 시선
삼악: 아이템, 죽지 않은 자들도 경배하는 해골 용
사악: 아이템, 제우스의 뇌신 창
오악: 스킬, 진의 형상
육악: 스킬, 세트의 죽음 물결
칠악: 스킬, 시바의 칼
팔악: 아이템, 서왕모의 만년지주(萬年蜘蛛)

일선: 스킬, 데비의 칼

이선: 스킬, 오시리스의 영역

삼선: 아이템, 광대의 단검

사선: 스킬, 헤라의 광기

오선: 특성, 열정자

육선: 스킬, 오딘의 분노

칠선: 아이템, 라크슈미의 행운 비수

팔선: 스킬, 석가여래의 신장

그중에서 시작의 장에서 얻었다고 확신할 수 있는 것은 한 가지였다.

죽지 않은 자들도 경배하는 해골 용.

칠마제 중 하나인 둠 엔테과스토와 연관이 깊은 그 물건은 절대 박스에서 나올 수 있는 물건이 아니었다.

아이템으로 구분되어 있는데, 정확히는 탈것이었다.

지배의 반지를 이용하거나 압제(壓制)해서 이용할 수 있는 탈것과는 차원이 달랐다.

박스에서 나올 수 있는 탈것 중에서 최고봉이라 여겨졌던, 팔악의 만년지주도 해골 용에는 미치지 못했다.

　　　　*　　　　*　　　　*

　드드득.

　뼈마디가 큼지막하게 움직였다. 깊게 파인 눈두덩이 속에는 안구가 없는 대신 퍼런 화염으로 이글거리고 있었다.

　그것이 대지로 쇄도해 착지했을 때, 굉장한 바람이 사방으로 뻗쳐 나갔다.

　오딘의 심복이자 오딘 다음으로 강력한 남자, 성일.

　사람들은 사색이 된 얼굴로 성일을 쳐다보았다. 그런데 성일도 어쩔 수 없는 것이었다. 어쩐지 재생되지 못한 팔까지 존재하여 다 같이 바들바들 떨리고 있는 것 같았다.

　언제고 아니 그럴 때가 있었던가.

　오딘의 실제 위력을 처음으로 보았을 때에도, 마지막 웨이브의 보스 몬스터가 빌딩 같은 크기로 나타났을 때에도.

　더 이상의 공포와는 마주할 수 없을 거라 생각했었다.

　그런데 그 이상이 존재했다.

　돌연한 공포로 성일까지도 몸을 떨고 있자, 마을 사람들은 더욱 사색이 되었다.

　오딘이 첨탑의 끝 문을 열고 들어가자마자 이 사달이 일어났다. 그럼 오딘이 죽은 건가? 성일은 단 한 번도 생각해 볼 수 없던 가정이었다.

오딘이 첨탑에 돌진하기 직전에 했던 말이 있긴 했다.

"……내가 돌아오지 못한다면 마리를 찾아."

마리가 뉘 집 강아지 이름인지는 알 바가 아니었는데, 오
딘이 죽음을 각오했다는 것만큼은 분명했다.

"싸…… 싸워야 혀."

"오딘은요?"

"돌아올 거여. 오, 오, 오딘이 누군디."

말까지 더듬거려졌다.

"쓰, 쓰벌 미치고 환장하겠네."

그나마 성일은 양반이었다. 굵고 거대한 뼈로 이뤄진 괴
수가 날개 뼈를 펼치는 순간, 모두가 도망치기 시작했다.

"싸워야 한다고오오오오! 이러면 다 같이 뒈지는 것밖에
안 돼!"

성일은 도망치던 여자의 옷깃을 낚아챘다. 동시에 그는
깨달았다.

아무리 소리를 지른들 먹혀들어 갈 얼굴이 아니었다. 자
신도 간신히 버티고 있을 뿐이지, 마음은 이미 도망치는 사
람들 속에 있었다.

거대한 괴수가 준비 중이었다.

날개 뼈를 쭉 편 상태로 다시 비상할!

그렇게 도망치는 사람들을 저 큼지막한 발로 깔아뭉개는 게 좋을지, 해골 눈두덩이 속의 퍼런 불꽃으로 태워 죽이는 게 좋을지, 거칠고 두꺼운 이빨로 콱 찍어 터트려 버리는 게 좋을지.

그런 계산을 하고 있는 게 틀림없었다.

성일은 이번에야말로 지난 일생이 주마등처럼 스쳐 지나갔다.

'저건 누구도 막지 못혀. 오로지 오딘만이 감당할 수 있는 거시기인디, 오딘은……'

그때 괴수의 등에서 뭔가가 굴러떨어지는 게 보였다.

"오, 오딘이여!"

성일은 제 옆의 수아에게 놀란 목소리를 터트린 다음, 괴수를 향해 달려 나갔다. 오딘이 괴수에게 깔리거나 잡아먹히기 전에 구해야 한다는 일념밖에 없었다.

성일이 거리를 좁혀 들어가자, 괴수가 정확히 성일 쪽으로 거대한 대가리를 틀며 날개 뼈를 움직였다.

순간 성일은 이상한 느낌을 받았다.

괴수가 보여 주는 모습은 마치 어미 새가 새끼 새를 보호하는 듯한 모양새였으니까. 다 잡은 사냥감을 뺏기지 않으려는 모습으로는 보이지 않았다.

쿵!

괴수의 날개 뼈들이 지면에 콱 박히며 큰 소리를 냈다. 그것 또한 자신이 오딘에게 접근하는 것을 차단하는 움직임이었다.

그러며 괴수의 눈두덩이 속에서 일렁이는 불꽃들이 성일에게 경고하고 있었다.

성일은 중간에 멈춰 섰다. 먼 거리에서 마주하고 있는 것만으로도 온몸이 지랄 맞게 떨려 대는 와중, 그가 생각했다.

'설마 오딘을 보호하려는 거여?'

성일은 날개 뼈 사이로 약간 보이는 오딘에게로 시선을 집중했다.

이상하게도, 오딘은 바로 직전 첨탑에 들어갔을 때와 모습이 많이 달랐다.

무엇보다 머리카락이 여자처럼 길어 있었다.

*   *   *

시작의 날이 펼쳐졌을 때는 낙담했다.

식민 치하라는 말이 무색할 정도로 외국계 자금에 잠식당했을지라도, 어쨌거나 가족을 포함해 이 나라 국민들이 살아갈 나라였다.

그러나 시작의 장에 돌입하며 각성자로 선택받으면서 이 나라를 바로잡을 기회가 보였다.

새로운 권력이 끼어든다.

기존에 세계 각성자 협회가 존재하고 이후에도 가장 큰 신진 세력으로 거듭나게 되겠지만, 유일무이하진 않을 일이었다.

온갖 협회들이 창궐하게 될 거고, 강우성도 한국인들로만 구성된 협회와 정당을 만들어 IMF 당시부터 어긋난 이 나라를 바로잡을 생각이었다.

외계 문명과의 전투에서 선전해, 정국에 이른바 새로운 바람을 일으키는 것이다.

그 길밖에 없었다. 외계 문명을 쫓아낸다 할지라도 전쟁이 끝난 후에는 여전히 전일 그룹의 식민 치하에서 살아갈 일이었으니까.

마침 우성은 여기에서 뜻이 맞는 동지를 찾기도 했다.

국내 유수의 대학에서 정치외교학과 수업에 시간 강사로 출강하던 명환.

명환은 그 대학의 순혈이 아닐뿐더러, 전일 그룹의 라인을 타지 않은 자여서 줄곧 시간 강사일 수밖에 없던 남자였다.

명환의 학벌도 무시되었다. 부교수 채용 과정에서 그가 유명 정치 블로거 '민족선인'이라는 게 밝혀지면서였다.

우성과 명환은 삼십 일이 조금 넘는 날 동안 끈끈한 전우애로 다져졌다.

현재를 함께했고 이후를 기약해 왔었다.

그렇다.

그 둘이 북쪽 마을 사람들을 이끄는 리더였다.

우성은 명환이 죽임을 당할 뻔했던 일을 떠올리며 말했다.

"중앙 마을에 섣불리 들어갈 순 없네."

"그래도 누군가는 들어가서 정황을 살펴봐야지. 인도관이 언제 돌변할지 몰라. 필시 제한 시간이 부여되겠지."

"리더가 악랄한 자면 자네로 우리들을 이용하려 들 거야."

"우리와 같은 사람이길 바라야지. 그 수밖에 더 있나. 힘들겠지만."

"후우…… 조심하게."

"소식이 없거나 붙잡히면, 날 죽은 사람이라고 쳐 줘."

*   *   *

"거기서 멈춰! 한 발자국도 떼지 마. 떼지 말라고 경고했다!"

해진 전투복에 장비를 덕지덕지 단 사내가 외쳤다.

명환은 바리케이드 너머에서 뻗쳐 온 목소리가 제대로 들리지 않았다.

그래도 그는 대동해 온 사람들과 함께 양팔을 들면서 멀리를 응시했다.

그것들은 틀림없이 첨탑이었고 거대 괴수였다.

특히 거대 괴수 쪽은 마지막 웨이브의 보스 몬스터가 아니었다. 두껍고 거대한 골격으로만 구성되어 있되, 그만큼이나 큰 날개 뼈를 지면에 박은 상태로 미동도 없었다.

"저거 살아 있는 겁니까?"

"그럼 죽었겠어?"

"……저는 신명환이라고 합니다. 대화를 나눌 수 있는 분을 불러 주실 수 있습니까?"

명환은 전방의 광경에서 눈을 떼지 못하며 물었다. 잠시 후에 대답이 들려왔다.

"우리 쪽 사람들을 보낼 테니까 인장은 전부 인계해. 아이템부터 이쪽으로 던지고. 시키는 대로 해. 문제 일으키지 않는다는 확신이 들면 돌려줄 테니까."

"그렇게까지 해야 합니까? 저희들, 나쁜 의도로 찾아온 게 아닙니다."

"그게 조건이다. 싫으면 왔던 곳으로 꺼져 버리든가! 알겠어?"

명환은 환대받을 거라고 생각하지 않았다. 저게 지극히 당연한 반응이었다.

오히려 생각보다 양호한 편이다. 그동안 자신의 마을에서 있었던 일들을 떠올려 보면…….

"그럼 저 혼자만 들어가는 것은 어떻습니까."

"기다려 봐."

이윽고 그래도 좋다는 대답이 들려왔다.

명환은 중앙 마을 사람들이 시키는 대로 했다. 그가 착용하고 있던 아이템을 모두 바리케이드 너머로 던지고, 그 마을의 사람들에게 인장을 인계했다.

그러고 나자 그를 걱정하는 소리가 뒤에서 흘러나왔다.

"교수님…… 안 돼요."

"난 걱정 말고, 자네들은 자리 지키고 있게. 절대 독단적으로 행동하지 말고."

위험한 죄수를 호송하듯, 중앙 마을 세 사람이 명환을 에워쌌다. 셋 모두 날카로운 병기로 명환을 예의 주시하며 움직였다.

처음과 같았다. 명환은 그들에게 목숨을 맡긴 상태에서도 점점 가까워지는 거대 괴수에게서 시선을 떼지 못했다.

모습 자체만으로 공포를 불러일으키는 괴수였다.

그런데 눈에 띄는 점은 괴수가 외부로부터 보호하고 있

는 게 분명한, 한 사람에 있었다. 머리카락이 길었지만, 여자라기에는 체구가 있었다.

그 남자는 혼절한 상태였고 드러난 몰골이 처참했다. 하지만 남자의 무장 상태만큼은 가히 대단했다.

혼절한 상태에서도 남자의 한 손에 꽉 움켜쥐어 있는 불타는 검.

그 손의 손가락에서 빛나고 있는 반지들.

가히 신성하다고 느껴지는 기운이 흐르는 투구, 동일한 기운을 머금은 장갑 등.

시작의 장에 들어와서 본 모든 아이템을 통틀어서도 어느 하나 비견되는 게 없이 찬란한 물건들이었다.

"저 사람은 누굽니까?"

"오딘."

"야!"

"이자들도 알고 있어야 허튼 생각 못 하지. 이봐요, 아저씨. 허튼 생각 하다간 골로 가는 거야. 오딘은 곧 깨어나시니까."

오딘?

설마 성이 오이고 이름이 딘일 리는 없다. 북구 유럽 신화의 그 오딘?

명환은 그만큼이나 마땅한 가명이 따로 없을 거라고 생각했다. 정말로 북구 유럽 신화에서 나올 법한 모습 아닌가.

거대 괴수는 서브 컬처에서 다뤄졌던 드래곤의 골격 그 대로였다.

'신화적인 무장을 갖춘 채, 드래곤의 보호를 받을 수 있는 존재가 현존한다면 그 존재야말로 오딘이겠지.'

긴 머리카락 속으로 감춰져 있는 얼굴이 들려지면, 애꾸 눈에 긴 수염을 단 진짜 오딘의 무서운 얼굴이 나타날 것 같았다.

그제야 명환은 왜 이 마을이 중앙 마을로 선택됐는지 깨달았다.

다섯 개의 마을 중 가장 좋은 성과를 낸 마을이다. 한쪽에는 활발한 장이 서 있고, 화폐로 여겨지는 것들로 물자들을 거래하고 있었다. 꼭 세지 않아도 생존자 수가 월등히 많아 보였다.

거기에다가 이 마을 사람들의 표정에선 활기가 넘쳤다. 물론 자신을 쳐다보는 시선들에선 경계심이 가득했지만.

"우리보다 먼저 들어온 사람들이 있었습니까?"

"있었어. 그리고 박살이 났지."

"아 좀……!"

"이자들도 알아야 한다니까 그러네."

"맞습니다. 힘을 감추고 있는 건 도리어 공격의 빌미가 될 수 있습니다. 저희들이 그렇다는 건 아닙니다만, 지금까지 배운 것들이 있지 않습니까."

"그렇다잖아. 맞아. 우리한테 쳐들어오면 골로 가는 거야. 아저씨, 나쁜 사람 같지 않아서 들려주는 거야. 괜히 문제 일으켰다가 뒈지지 말라고. 일본 야쿠자도 별수 없었는데, 아저씨라고 되겠어?"

"일본 야쿠자가 왔었습니까?"

"왔고. 와서…… 뭐라고 해야 하나. 그걸?"

"야쿠자칼리버?"

"어, 그래. 야쿠자칼리버 당했지."

그것도 컴퓨터 게임에서 파생된 신조어 같았다. 명환은 그 단어를 기억해 두며, 돌아가면 제 사람들에게 물어보기로 했다.

＊ ＊ ＊

"외람되지만 민족선인이라는 이름으로 블로그를 운영하기도 했습니다."

"이런 식으로도 뵐 수 있다니 믿기지가 않네요. 선생님 얼굴 기억합니다!"

마을 자치 위원회 중 한 명이 감탄하며 모두에게 말했다.

"왜들 그러세요. 민족선인 아시는 분 없어요? 왜 전일 게이트 터졌을 때, 사실상 이분 덕분에 광화문 촛불 집회까지 이어졌던 겁니다. 광화문 촛불 집회는 다들 아시잖아요."

"민족선인이든 아니든, 그건 중요하지 않아요."

"왜 안 중요합니까. 이분이 바른 분이라는 걸 증명할 수 있는 거고, 이런 분이 이끄는 집단이라면 의심할 여지가 없는 겁니다. 인도관도 우리들만으로는 공략이 어렵다고 하지 않았습니까. 다른 마을 사람들을 모두 배척할 순 없는 상황입니다."

"혼자 흥분하지 마시고 다른 분들 의견도 들으세요."

"혼자 흥분하는 게 아니라. 여러분들은 잘 모르시겠지만, 이분께선 우리나라가 직면한 폐단에 대항하는 선의의 상징이나 다름없으신 분입니다. 뉴스도 안 보고 사셨습니까?"

"김주영 씨!"

"하…… 말이 안 통하네요. 선생님, 이런 모습 보여 드려서 죄송합니다. 아시잖아요. 세상 참 각박해졌죠."

그때 수아가 말했다.

"신분은 증명된 것 같네요. 어떻게 불러 드릴까요?"

"이름으로 불러 주시면 됩니다."

명환이 대답했다.

"그래요. 신명환 씨. 저도 신명환 씨 얼굴을 알고 있어요. 우리나라 정세에 관심이 많은 사람이나, 우리 같이 젊은 세대들은 신명환 씨 얼굴을 다 알고 당신의 논조도 잘 알고 있죠. 전일 그룹에 맺힌 게 많죠?"

"전일 그룹이 우리나라의 폐단이기는 하지만, 여기는 그것과 동떨어진 세상입니다. 제 신분을 증명하는 데 보태기 위해 말씀드린 것뿐입니다."

"아니요. 유명세를 알고 있잖아요. 극소수겠지만 당신의 신봉자도 있어요. 조금 전에도 보셨다시피요. 완전히 달라진 세상이라고 해도, 우리가 왔던 세상의 기억들에서 벗어날 순 없어요. 그 기억으로 살아가는 우리들이니까요. 계속 영향을 미치죠."

"……."

"그래서 신명환 씨는 위험할 수 있는 사람이에요. 신명환 씨가 그룹의 리더로 있기 때문에 더욱 그렇죠."

"……."

"제 평가를 들려 드릴까요? 민족선인이라는 닉네임만 봐도, 명환 씨가 자기 우월적인 성향에 가득 차 있다는 걸 알 수 있어요."

"여기에 와서도 이런 이야기를 나누게 될 줄은 차마 몰랐습니다. 그런 닉네임을 만든 건, 제가 그런 사람이라서가 아니라 그런 사람이 나타나 엉망인 세태를 바로잡아 주길 바랐던 마음이 투영됐던 겁니다. 우리나라의 현 모습이 바르다고 생각하십니까?"

나라 전체가 외국계 자금에 잠식되어, 주체적으로 국정을 운영할 수 없기 때문에 그렇다. 명환의 생각은 언제나 변함이 없었다.

"그건 시작의 장에서 탈출할 수 있으시다면 그 후에 애청자들에게 말씀하시고요. 제 결정은 이래요. 안타깝지만 선동자의 기질이 있는 분을 마을에 들일 수는 없어요."

"퀘스트를 독점하시겠다는 이야기로 들립니다."

"아니요. 명환 씨를 들일 수 없다는 것뿐이에요. 나머지 그룹원들에 대해선 우리 마을에서 자체적으로 인터뷰를 가져 볼까 해요."

"하나만 여쭤봐도 될까요?"

"네."

"전일 쪽 분이십니까?"

명환은 확신하고 있었다. 엘리트들에게는 특유의 분위기와 뉘앙스가 있으니까.

"제가 묻겠는데, 우리나라 사람 중에 전일 그룹과 얽히지 않은 사람이 있나요? 신명환 씨가 운영했던 블로그, 인터넷 라디오도 전일 그룹이 최대 지분을 가지고 있죠. 신

명환 씨께서 애용하실 은행도 백화점도 모두 전일 그룹 소
유일 테고요. 신명환 씨의 가족분들과 친구분들은요? 전일
그룹이 소유한 기업과 관련 없는 곳에서 재직 중인 분이 한
분이라도 있나요?"

수아가 계속 말했다.

"다른 마을 사람들은 어떨까요? 아직도 모르시겠어요,
신명환 씨? 직간접적으로 우리나라 모든 사람들은 싫든 좋
든 전일 그룹 안에 있어요. 바깥에 남겨진 가족들도 그렇고
요. 다른 마을 사람들이 곧 도착하겠죠. 저는 명환 씨가 그
들과 충돌할 거라고 확신합니다. 첫 무대는 운이 좋아서 그
런 일이 없었던 것 같지만요."

"……무슨 말씀인지 이해합니다. 저를 들일 수 없는 까
닭도 이해하려고 합니다. 하지만 우리 그룹의 리더가 없는
상태에서, 그룹원들을 들여보내기엔 위험 부담이 큰 것도
사실입니다."

"그럼 간단해요. 들여보내지 마세요. 우리가 당신들 물
자를 빼앗으려고 공격하지 않은 것만으로도, 감사하게 여
기고 돌아가세요. 여긴 서울이 아닙니다. 우리가 당신들을
받아들이는 게 당연한 건 아니에요."

"그렇게 여긴 적. 없습니다."

"밝힐 필요도 없었던 인터넷 닉네임을 댄 것부터, 그렇게 된

거예요. 생존만으로도 벅찬데 다른 문제를 안고 갈 순 없어요. 다시 말씀드리죠. 우리 마을은 선동자가 필요 없습니다."

"다시 말씀……."

"신명환 씨에게 선동자의 기질이 있다는 거예요. 문제만 일으키겠죠."

그때 문이 열렸다.

어떤 회의가 열리고 있든지 간에 시급히 알려야 한다는 목소리였다.

"오딘께서 깨어나셨습니다!"

수아는 화색이 돈 얼굴이 되었다가, 다시 명환을 보며 단호하게 말했다.

"돌아가서 다시는 우리 마을에 접근하지 마세요."

"오딘을 뵙고 갈 순 없겠습니까?"

"네. 없어요. 오딘께서도 바라시지 않는 일이죠. 가세요."

Chapter 8.

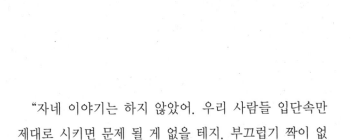

"자네 이야기는 하지 않았어. 우리 사람들 입단속만 제대로 시키면 문제 될 게 없을 테지. 부끄럽기 짝이 없군……."

"그런 소리 말아. 멀쩡히 돌아온 것만으로도 다행인 거야. 닉네임을 밝히지 않았어도, 네 얼굴을 알고 있는 사람이 둘이나 있었잖아. 생각보다 유명하다니까, 안 믿긴. 오딘에 대해서 더 들려줘 봐."

명환은 거대 괴수가 지키고 있었던 남자에 대해서 설명했다.

"얼굴은 볼 수 없었어."

"우리하고 똑같은 사람인 건 틀림없어?"

"아마도. 한 가지 분명한 건, 그가 중앙 마을의 권력자라는 거지. 그 아래 열 명으로 구성된 마을 자치 위원회가 있고. 어쨌든 마을에 들어가기 전에 알아 둬야 할 게 있어."

"어떤?"

"이미 야쿠자가 리더였던 그룹의 습격이 있었다더군. 믿기 힘들지만 피해 하나 없이 방어한 걸로 보였어."

"조폭이 아니라 야쿠자?"

"그래. 혹시 야쿠자칼리버가 뭔지 알아?"

"아니."

"음…… 자네도 모르는군. 신조어 같은데 아는 사람이 없어."

"왜?"

"야쿠자칼리버가 뭔지 모르겠지만, 그런 것이 존재한다는 걸 항상 염두에 두고 조심해야 돼. 야쿠자 그룹이 그런 방법으로 끝났으니까."

"그러지."

우성이 듣기에 중앙 마을은 완벽했다. 누구의 작품인지 몰라도 훌륭했다.

벌써 화폐가 통용되고 있다는 사실을 떠올리며 다시 물었다.

"몬스터 장기 중에 딱딱하고 거무튀튀하면서 빛을 품고 있는 거 있잖아. 그걸 마석이라고 부르고, 화폐로 통용하고 있어. 웅덩이에서 나오는 식자재와 현실에서 가져온 물건, 인장과 아이템 등이 전부 마석과 교환되고 있었어. 놀라운 사실은 마석을 다루는 은행이 세워져 있다는 점이야."

명환은 쫓겨났던 이후로 들었던 이야기를 종합했다.

"그들은 여기에 작은 도시 국가를 세워 놨어."

"자치 위원회 중에는 누구에게 힘이 쏠려 있어?"

"젊은 여자야. 단발머리에 …… 보자마자 알 수 있을 거야. 두 눈이 자신감으로 가득 차 있으니까. 하는 말을 들어 봐도 전일 쪽 인사임에 틀림없어."

"전일 여 회장은 아니겠지?"

"그럴 리가 있나. 그 여자는 우리나라 사람이 아니잖아."

우성에게는 한 가지 소원이 있었다.

바로 전일 쪽 중요 인사들이 모두 시작의 장에 진입해, 종국에는 한국으로 돌아가지 못하고 여기서 객사하는 것!

막후에서 절대적 금권(金權)을 휘두르는 노인, 재통령 박충식.

그의 아들이기도 한 검찰총장, 박우철.

그의 사돈이자 전일 그룹의 프랑스 법인 제이미 코퍼레

이션의 사령관인, 조대환.

그 조대환의 사위이면서 여당 원내 대표인, 황보구.

그리고 그들의 여왕벌, 제이미 양.

정·재계, 검경, 언론 할 것 없이 모두가 전일 그룹과 연관되어 있는 인사들이라지만.

그중에서도 꼽으라면 그 다섯 명이 반드시 사라져야 할 사회악이었다. 일제에 을사오적이 있듯이 현대에는 IMF오적이 있었다.

이 나라를 외국 자본에 통째로 바쳐 버린 자들.

시작의 장에서 인도관이 곧 법인 것처럼, 현실의 한국에서는 전일 그룹이 법이었다.

즉 시작의 장에서 구태여 긍정적인 요소를 찾는다면 폐단의 주범들도 어느 날 갑자기 사라질 수 있다는 데 있었다.

우성은 이 시련을 극복하고 한국으로 돌아갈 날을 고대하며 말했다.

"1막 2장은 걱정 말고 내게 맡겨. 자네는 이참에 좀 쉬고. 그동안 너무 무리했잖아."

"이 세계도, 앞으로의 세계도 손에 칼을 쥐고 있어야 말에 힘이 실릴 세계지. 살아만 있지 나는 낙오된 거나 다름없다는 거야. 자네에게 달렸어."

"마르크스가 칼을 쥐고 있어서 위대한 사상가였나? 잊지마. 다시 오지 않을 기회야. 이 기회를 놓치면 우리나라와 우리 민족은 절대 외국 자본 손아귀에서 벗어날 수 없어."

차라리 외계 문명의 침공 아래 나라가 망해 버렸다면 모르겠지만.

전과 다름없이 모든 시스템이 유지되고 있었기 때문에, 전일 그룹의 영광에도 변함이 없었다.

우성은 시작의 장이 끝났을 때가 빤히 보였다.

세계 각국의 자본 세력들은 각성자들을 영입하는 데 혈안이 될 거다. 거부 못 할 돈과 명예를 쥐여 주고, 늘 해 왔던 대로 그들의 기득권을 지키는 데 활용할 것이다.

특히 이 나라 한국이야말로, 노골적으로 각성자들을 착취하는 나라가 될 것이다.

한국인 각성자들은 착취당하는 것도 모르고 전일 그룹이 쥐여 주는 돈과 명예와, 세계 각성자 협회라는 신조직의 기반 시스템을 저울질하다가 결국에는 전일 그룹을 택할 것이다.

적어도 한국인 각성자라면…… 그럴 수밖에 없는 구조다.

바깥의 한국은.

　　　　　*　　　　*　　　　*

　세월이 어느 정도나 흘렀는지는 모른다.

　하지만 머리카락이 등까지 내려온 걸 보면 최소한 3년 이상이었다.

　죽은 자들의 대지.

　선후에게는 그 다른 시간 축에서 보내 왔던 세월의 흔적이 더는 없었다. 끔찍했던 부상은 사라지고 피부는 재생되었으며, 아이템들은 방어력이 충전되며 본래의 모습을 찾았다.

　전방의 광경에서 떠나기 전의 기억을 되짚고 있던 눈빛이 점점 선명해졌다.

　스스스—

　그 순간 선후의 해골 용이 거짓말처럼 자취를 감췄다.

　[* 보관함]
　['죽지 않은 자들도 경배하는 해골 용'이 추가 되었습니다.]

　부서진 탑 끝 층을 돌아봤을 때, 선후는 이를 갈았다.

　죽은 자들의 대지는 지독했고 또 넓었다.

먹고 싸고 도망치고 싸우고 먹고 싸고 싸우고 다시 먹고.

어느 순간부터는 싸우고 있던 진짜 이유보다도, 소강상태에서 가질 수 있었던 정비 시간만이 전투의 새로운 이유가 되어 있었다.

둠 엔테과스토의 숭배자, 빌어먹을 리치와 언데드들······.

눈을 감았다 뜨는 잠깐 사이의 어둠에서도, 그것들의 혐오스러운 몰골들이 여전히 번뜩여 댔다

본 시대에서 알고 왔던 것과는 달랐다.

이름부터가 그랬다.

죽은 자들의 대지가 아니라 죽은 자들의 신전이어야 했다.

둠 엔테과스토의 얼굴 없는 석상이 보스 몬스터로 있어야 했다. 그래서 언젠가는 강화에 성공해, 해골 용을 소환할 수 있는 목걸이를 얻는 것이 첫 진입했을 때의 목적이었다.

하지만 진입 순간 떠올랐던 메시지가 있었다. 지금도 잊히지가 않는다.

단 세 글자와 느낌표. 그리고 그 끝에 달린 웃는 이모티콘.

[파이팅! ٩('ㅁ`*)و]

해킹당한 시스템의 스토킹을 받고 있는 것이 틀림없다고 확신한 순간이었다.

신전 하나가 아니라 신전이 속해 있는 광활한 대지 전체가 무대로 변했다.

돌아오는 데 성공하고 난 뒤에야 완전한 해골 용을 얻었다, 누적시킨 포인트들로 능력을 올렸다고 반추할 수 있던 것이지.

도전자 퀘스트 때처럼 거기서 죽지 않은 것이 다행인 무대였고 길고 긴 싸움의 연속이었다.

본시 해골 용의 주인이었던 삼악에게는 그런 일이 없었다. 삼악은 다섯 마을을 융합해서 이룬 공격대들, 최하위층부터 꾸준히 단련된 정예들을 전부 이끌고 가서 마지막 층 공략에 성공.

그렇게 천운으로 목걸이를 발견했던 게 전부였으니까.

삼악이 완전체의 해골 용을 소환하게 된 일은 시작의 장이 끝난 이후였었다.

"괜찮은 거여?"

성일이 다가왔다.

갑자기 사라진 해골 용을 쫓아 움직였던 시선도 선후의 전신으로 향했다.

성일은 자신을 쳐다보는 선후의 시선에서 섬뜩한 느낌을

받았다. 곧바로 희미하게 풀어지는 시선이었지만.

"힘들어. 몸이 아니라 여기가."

선후는 언젠가 성일이 그랬던 것처럼 주먹으로 제 심장이 있을 가슴을 가볍게 쳤다.

성일이 볼 때에도 선후는 잠깐 들어갔다 나온 자의 분위기가 아니었다. 꼭 집어 말할 순 없지만, 어딘가 위험한 느낌이 강했다.

맥이 풀린 표정을 짓고 있어도, 저 두 눈에서 번뜩여 대는 눈빛이 그랬다.

"내가 도와줄 껀 없으?"

"여자."

순간 성일은 자신의 귀를 의심했다.

"여자? 가시나 말이여?"

"하룻밤 같이 보낼 여자가 필요해. 그 살결에 얼굴을 묻고 한숨 푹 자야겠어."

"아따 남자고마잉. 그런데 어디서 그런 여자를 찾는디야."

말은 그렇게 했어도 성일은 알고 있었다. 마을 젊은 여자들이 오딘을 쳐다보는 두려운 시선 속에는, 동등한 정도의 선망이 깃들어 있다는 것을 말이다.

그때 수아가 걸어왔다.

수아는 평상시와 다름없는 표정이지만, 얼굴에 약간의 홍조가 번져 있었다.

그런 수아를 보며 선후가 눈살을 찌푸렸다.

"넌 안 돼."

"뭐, 뭐가요."

"안 된다면 안 되는 줄 알아."

"제가 어디가 어때서요?"

수아가 처음으로 저도 모르게 발끈했다가 고개를 떨궜다.

"사내 연애 해 본 적 없어? 됐다. 없던 것으로 하지. 다시 일어날 때까지 깨우지만 마."

선후가 발걸음을 내딛자, 몰려왔던 사람들이 양옆으로 벌어져 길을 만들었다.

*　　*　　*

시끄러운 소리에 눈이 떠졌을 때에도 그것부터 생각났다.

사전 각성자들 100인에게 암살 퀘스트가 띄워졌을 때처럼, 시스템은 기회만 나면 이쪽을 도모하려 하고 있었다.

시작을 이야기하지 않았어도 도전자 퀘스트를 시작해 버리고, 1막 1장의 보스 몬스터를 2막 수준으로 끌어올려 놓고, 죽은 자들의 신전을 죽은 자들의 대지 전체로 무대를 확장시켜 버렸다.

시스템에 깃든 둠 카오스의 개입을 뿌리 뽑지 않는 이상, 그런 일은 시작의 장에서뿐만 아니라 이후에도 계속될 것이다.

하지만 뿌리 뽑는다?, 그것이 어떤 난이도일지는 감히 추정도 되지 않았다.

단언컨대.

혼자서 S급 던전이나 게이트를 정리하는 수준과는 차원이 다른 난이도의 문제들을 펼쳐 놓을 것이다.

'이래서는 나 혼자 다른 시작의 장을 겪고 있는 셈이군.'

"일어났구만?"

"저렇게 시끄러운데 눈이 안 떠질 수가 없지. 무슨 일이야?"

"아무 일도 아니여. 내가 해결 볼 테니께, 그짝은 더 주무셔. 내 몽둥이 여기에 있을 텐디 못 봤어?"

"아무 데나 두면 도둑맞는다."

"어떤 간 떨어진 놈이 오딘의 집을 도둑질혀? 못 봤어?"

"여기."

"아따 깜박이도 안 키고 확 들어와 버리는구만."

성일은 난데없이 선후의 손에 쥐어진 둔기를 가져오며 말했다.

"그거 어떻게 하는 거여? 나도 할 수 있어?"

"못 해. 이수아는?"

"수아? 저 난장판 속에 있지."

"장비 갖춰서 데리고 와. 이번에는 너희들 차례야. 내가
봐 주지."

"그건 정말 고마운디 지금은 좀 그려. 동쪽이랑 서쪽에
서 온 잡것들이 한판 붙자고 시위 중이거든."

수아가 뛰어 들어왔다. 그녀는 잠에서 깬 선후에게 살짝
고개를 숙인 다음, 성일에게 물었다.

"준비되셨어요? 그런데 그걸로만 되겠어요? 강해 보여요."

그때 선후와 다시 눈이 부딪친 수아가 상황을 설명했다.

서쪽과 동쪽의 그룹이 마을에 들어온 이후 인터뷰에서
말을 바꾸고, 서로 간에는 입을 맞췄다는 것이다. 1막 2장
의 운영권을 두고 평화롭게 해결 보기로.

그 평화로운 방법이란, 각 마을에서 가장 강한 사람이 한
명씩 나와 겨뤄 보자는 것이었다.

"마을 자치 위원회에서도 손해 볼 것 없다고 결정했어요."

"내가 자원했구만. 진짜로 일 터져서 서로 죽자 살자 싸
워 대면, 몇 놈이나 뚝배기 깨 버려야 하는지 나도 모를 일
이었잖어. 쥑일 놈의 뚝배기는 깨도, 쪼까 안 죽여도 될 것
같은디 하는 놈들은 좀 그렇잖어. 안 그려?"

"맞아요. 오빠."

"잠 다 깼으믄 제자가 싸우는 거 구경 좀 해 볼 텨?"

선후는 둘과 함께 건물 밖으로 나갔다. 깊게 잠든 사이 네 방향에 존재했던 모든 무대의 사람들이 들어와 있었다.

각 마을의 구성원들끼리 확연하게 구분되어 있었다. 그 래서 남쪽, 재일 야쿠자의 치하에 있던 사람들이 분란에 끼지 않은 광경이 눈에 띄었다.

북쪽에서 온 사람들도 남쪽 사람들처럼 잠잠하다.

서쪽과 동쪽에서 온 사람들만이 시끄러웠는데, 그 광경을 다 둘러본 선후의 입가에 희미한 미소가 피어올랐다.

확실히 오래전, 랜덤 시스템을 수정한 효력을 확인했기 때문이었다.

본 시대의 시작의 장보다 훨씬 많은 생존자였다.

'시스템을 좀 더 손보면, 내가 잘못되더라도…….'

그러던 선후에게 한 사내가 그룹에서 이탈해 뛰어오기 시작했다.

"먼저 가 있어."

선후가 성일과 수아를 보낸 후, 사내가 선후 앞에 도착했다.

"맞네, 맞어! 2학년 4반! 맞지? 넌 어째 머리만 길었지 변한 게 하나도 없냐."

"……."

"새끼, 말수 없는 것도 여전하네. 중학교 때 너 참 쩔었
는데, 지금은 왜 이 모양 이 꼴이냐. 아이템 하나 없네."

*　　　*　　　*

절대 잊을 수 없던 녀석이었다. 중학교 동창생들끼리 모
이면 빠짐없이 나오는 이야기가, 바로 이 녀석 이야기였다.

중학 시절 당시 이 녀석의 포스는 마지막 웨이브의 보스
몬스터 같았다.

누구도 차마 눈을 마주칠 수 없었고, 말을 섞을 수 없었
던 것도 물론이었다. 같은 학급의 같은 또래였지만 녀석은
다른 영역의 존재였다.

그래도 당시만 떠올리면 추억에 젖는다. 학교에서는 이
녀석 때문에 쥐 죽은 듯이 살았지만, 방과 후의 거리에서는
참 즐겁게 놀았다.

그때는 아무런 걱정이 없던 즐거운 시절이었다. 굳이 걱
정거리가 있었다면 다른 학교 녀석들과 시비가 붙었을 때,
그 일이 형사(刑事) 문제까지 연관되며 부모님에게 야단을
맞는 일.

고작 그 정도였다.

"반가워서 그래. 나 기억 못 하지? 난 너 기억하는데."

"내 이름도?"

"넌 내 이름 아냐."

"알아 몰라?"

'그런데 이름이 뭐였더라?'

20대 초반까지만 해도 동창회가 활발하다가 점점 빠지는 녀석들이 많아졌고, 삼십 줄에 접어들어서는 자신도 동창회에 나가는 일이 없었다.

어느 순간부터 중학 동창회는 사회에서 성공한 녀석들의 잔치로 변질되어 있었으니까.

'성이 나씨인 건 생각나는데.'

지훈은 학교에 거의 없던 성씨만큼은 기억났다.

그나저나 녀석의 포스는 여전했다. 아이템 하나 없이 맨몸인 주제에 말이다.

"그게 뭐가 중요하냐. 야. 진짜 반갑다. 맞짱 뜨는 거 구경이나 하면서 오랜만에 동창끼리 노가리나 까 보자. 너 진짜 다시 보고 싶었어."

"원래 말을 그렇게 하는가 보지? 나이 먹고 그게 뭐냐."

"우와. 이 새끼, 완전히 꼰대 다 됐네. 동창끼리 가볍게 얘기도 못 하냐. 아…… 됐고. 너도 솔직히 나 반갑잖아."

슬슬 대결 장소가 형성되고 있었다.

멀리서 지훈을 부르는 손짓도 있었다. 지훈은 그런 손짓들을 다 무시한 채 선후를 바라보았다.

중학 시절에는 포스만으로 학교 짱을 먹었던 녀석이었고, 졸업 이후에는 미국으로 유학 갔다는 소문이 파다했던 녀석이었다.

항상 맨 뒷자리에서 잠만 잤던 녀석이 공부 머리는 그렇게나 좋았다. 아마 사회에서도 적잖이 성공했을 녀석이다.

그렇기 때문에 그때에도, 사회에 속했을 때에도 이렇게는 못했을 것이다.

지훈은 선후에게 어깨동무를 하는 데 망설임이 없었다.

"여기 재밌지 않냐."

"저 여자가 네 그룹의 리더군."

선후는 지훈의 그룹에서 걸어 나오는 여자를 바라보며 말했다.

여자였기 때문에 특별했다. 2막에 돌입해서는 여자 리더들을 종종 볼 수 있었지만 1막에서는 아니었다.

"우리 채영이 누님이시지."

탈모기가 다분한 채로 각성했던 지훈과는 달리, 그의 리더인 여자는 많이 봐 줘야 이십 대 중반이었다.

여기는 화장으로 나이를 감출 수 없는 세상이다. 선후가 흥미롭다는 듯이 말했다.

"너보다 나이가 한참 어린 것 같은데 누님이냐?"

그러자 지훈이 황망한 표정을 짓다가 확 웃어 버렸다.

"별거 있냐. 나보다 세면 누나지. 너 그래 가지고 어떻게 살아갈래."

탁!

선후는 대꾸 없이 그의 어깨에 둘러져 있던 지훈의 팔을 쳐 냈다.

'이것 봐라. 기분 나쁘다는 거냐. 여기가 사회인 줄 아나 본데…… 하!'

지훈은 얼굴이 살짝 찌푸려졌지만, 그냥 넘어갔다. 겨우 여러 마을 간의 시비가 정리된 상황에서 새로운 분란을 만들 수는 없었다.

"근접 딜러군."

신체 조건도 나쁘지 않았다. 170이 넘는 키로 긴 팔과 긴 다리를 가졌다.

"척 보면 모르냐."

"네 녀석 말고. 저 여자."

"슬슬 기분 나빠지려 하네. 채영이 누님, 함부로 말하지 마라."

"그럼 사과하지. 첫 웨이브 때부터 이끌어 왔을 리는 없을 텐데? 안 그래?"

"말도 마라. 리더가 여럿 바뀌긴 했지. 야, 우리 채영이 누님 죽이지 않냐? 처음 봤을 때 연예인인 줄 알았다니까."

"함부로 말하지 말라면서."

"그건 그거고 이건 이거지."

그러면서 지훈은 선후의 전신을 훑었다. 다시 보아도 옛날과 달라진 게 없었다. 마치 나이를 먹지 않은 것처럼.

하지만 외모가 아니라 전반적으로 풍기는 분위기가 영락없이 리더의 취향이었다.

리더는 위험한 분위기를 품고 있는 사람이라면 성별과 나이 그리고 능력을 가리지 않았다.

특히 몬스터와의 극렬한 전투나 마을 운영권을 둔 대결에서 방어에 성공할 때면, 어김없이 그런 자를 불러다 같이 밤을 보냈고 더욱 굴복시켰다.

지훈이 팔꿈치로 선후의 팔을 툭 건드리며 말했다.

"만약 우리 채영이 누님한테 간택받으면, 알지? 내 이야기 잘해 줘야 한다. 우리 동창들끼리 밀어주고 당겨 주고 해야지. 하하."

그게 지훈이 선후에게 접근한 본래 목적이었다.

중학 시절의 전설 같은 녀석을, 그것도 시작의 장에서 마주친 것이 퍽 재미났던 것도 사실이지만.

중앙 마을에 들어온 순간부터 지훈은 그룹 리더 채영의

간택을 받게 될 자를 찾고 있었다.

어차피 중앙 마을 자체는 생존한 숫자만 많지, 개개인 자체로는 특별나지 않아 보였다.

말도 안 되지만 평화로운 느낌마저 드는 곳이었다.

각 그룹의 리더를 제외하고 나면, 지훈의 눈에 들었던 사람은 중앙 마을 쪽의 한 사람과 북쪽 마을에서 온 남자 하나씩이었다.

말싸움의 선두에 섰던 수아라는 여자와, 이름 모를 남자 하나.

그들을 주시하던 중에 선후를 발견했던 것이다.

'수아라는 여자는 접근하기 어렵고, 북쪽 마을 남자는 그룹원 속에 파묻혀 있고. 남은 건 바로 너다. 새꺄.'

"간택?"

"그러니까 새꺄, 너 잘하는 거 있잖아. 무심하면서도 뭐 있어 보이는 표정. 대결 끝나면 우리 채영이 누님 눈에 띄는 곳에 서서 대충 그렇게 서 있어 봐."

"큭. 이거 웃기는 녀석이네. 너 이름이 뭐냐."

"웃기냐."

'그래. 많이 웃어라. 새꺄. 웃을 수 있을 때 웃어 둬야지.'

교육은 나중에 시켜 주면 되는 거다. 지훈도 피식 웃었다.

"아따 쉽게 가자고잉. 쏘잘데기 없는 소리 말고, 내가 차
례대로 상대해 주면 되는 거 아뇨."

북쪽과 남쪽에서 대결을 포기했기 때문에, 겨뤄야 할 사
람은 셋뿐이었다.

중앙 마을의 성일. 서쪽 마을의 채영. 동쪽 마을의 현우.

"나중에 딴말하지 않으면 상관없지. 그럼 순서는 어떻게
할까?"

"우리 남자들끼리 먼저 붙어. 근디 어린 형씨. 언제 봤다
고 반말이여. 나 알어?"

"그러니까 서열 정리하자고 이러는 거 아냐. 어쨌든 이봐."

현우가 채영에게로 고개를 돌렸다.

"이러면 너만 득 보는 거 알고 있지? 나는 그런 건 용납
못 하니까, 너하고 나만 결정하면 될 것 같은데. 그게 맞잖
아."

"어드밴티지는 줘야 하지 않겠어요? 나 여자예요. 저쪽
분 말씀대로 남자들끼리 먼저 붙고 시작하죠."

"선수끼리 왜 이래. 학 나오면 내가 먼저, 숫자 나오면
네가 먼저."

현우가 500원짜리 동전을 꺼냈다. 굳은 피가 덕지덕지

묻어 있는 그 동전은 동쪽 마을에 있어서는 지배의 상징이나 다름없었다.

"그럼 내가 던질게."

"내가 어떻게 믿고요."

"못 믿긴. 평범한 500원짜리야. 마음대로 해."

동전이 허공에서 빠르게 돌았다. 채영이 그걸 낚아채며 손바닥을 펼쳤다.

"축하드려요. 당신이 먼저네요."

"부상이 클 경우 재생 시간 주는 걸로 하지."

"뻔하지 않아요? 인도관이 곧 제한 시간을 걸어 올 텐데 시간 낭비하자는 거예요?"

"웃기는 소리 마. 너 좋으라고 우리가 이러고 있는 줄 알아?"

"룰은 룰이에요. 한 그룹의 리더가 상황 따라 말을 바꿔선 안 되죠."

"아 쓰벌. 그냥 둘이 덤벼. 아가리로 싸우나."

성일이 툭 내뱉었다.

"아주 좋은 말을 했긴 한데, 당신 그룹원들이 결과를 받아들이지 않을 거다."

"입에 처넣어 줘도 받아먹지 못하면 어쩌자는 거여. 덤벼 봐."

성일이 그렇게 말하는 순간.

채영과 현우의 눈빛이 빠르게 교차했다.

*　　　*　　　*

위압스러운 풍모는 인정한다. 그런데 저런 무식한 게 리더라고? 퀘스트존의 운영권을 결판 짓는 중대한 상황에서 위험을 자처하고 있었다.

아무리 본인의 능력을 자부하고 있어도 둘을 한 번에 상대하겠다니? 더군다나 외팔이면서?

중앙 마을 사람들 외에는 모두가 그런 의문을 품은 채 쳐다보고 있었고 지훈도 마찬가지였다.

"너네 아저씨 왜 저러냐. 팔 한 짝도 어디에 팔아먹고는, 저러다 정말 죽지."

"서로 다른 그룹의 리더를 존중해 주기로 하지 않았나?"

'이 새끼는 눈빛만 살아 가지고는…… 저 아저씨와 조금도 다르지 않은 녀석이네.'

"걱정되니까 하는 소리지. 채영이 누님에게 둘이 붙어도 모자랄 판에, 자기가 둘을 어떻게 상대한다는 거냐. 넌 채영이 누님을 몰라."

"이전에 뭐 하던 사람이었는지는 알고?"

"이전? 아아. 일성 그룹 비서실에 있었다는데 그게 뭔 상관이야."

"회장 직속?"

"관심 가지? 그러니까 채영이 누님이 저기 정리하고 나면, 저쪽 눈에 잘 띄는 곳에서 알짱거리는 거다. 너 나한테 큰절해도 모자라, 인마. 쉿. 쉿. 시작한다."

쿵!

큰 소리가 울렸다.

채영과 현우, 다른 두 그룹의 리더는 짧은 사이에도 교환한 눈빛이 있었다.

현우가 그의 전신만큼 커다란 사각 방패로 온몸을 가리며 성일에게 달려들었을 때, 채영은 현우와 성일이 충돌한 틈을 노리고 쇄도해 들어갔다.

둘의 신체 리듬이 빨라진 대로 혈행(血行) 또한 일반인의 범주를 벗어나 있었다. 혈관은 팽창되었고 악을 쓴 현우의 이마 위로 그것이 또렷이 두드러졌다.

성일에게 부딪쳤을 때부터 현우는 느꼈다. 근력으로 어찌해 볼 수 없는 상대라는 걸.

도리어 자신이 튕겨 나오는 느낌이 컸다. 그때 위에서 소용돌이가 쳤다.

훌쩍 뛰어오른 채영이 휘감고 있는 것으로, 거기에서 뻗친 날카로운 기운들이 자신의 보호막을 깎으며 들어온 것이다.

급히 고개를 숙이지 않았다면, 목 쪽으로 충격이 들어왔을 거다. 그런 충격은 방어막이 존재해도 영향을 끼치기 마련이었다.

'이년이!'

현우는 뒤로 빠지며 방패를 쳐올렸다. 처음부터 1:2가 아니라 1:1:1의 삼파전이 될 수밖에 없다는 것을 염두에 두고 있었으나 이렇게 빨리 시작될 줄은 그조차 예상 못 했다.

"고마워!"

채영은 현우가 방패로 쳐올린 힘을 이용할 수 있었다. 경로가 보였다.

몸집이 큰 외팔이의 빈 팔 쪽을 파고든 다음, 바로 이어서 다른 남자의 방패 아래로 드러난 빈 목을 공략하는 경로다.

그동안 채영이 습득한 바는, 방어막이 능사가 아니라는 점이었다.

약점과 급소 부위는 크리티컬로 작용해서 상대의 행동을 주춤하게 만들 수 있었다. 그런 찰나가 승패를 결정짓는다.

질풍 같은 연쇄 공격으로 방어막을 깎고, 방어막이 벗겨졌을 때 목에 비수를 찔러 넣는 거다!

여의치 않으면 다른 급소 부위에.

쉐에엑—

중앙 마을의 외팔이는 몸집도 커서 빈틈이 많이 보였다.

채영은 성일의 비어 있는 팔 쪽으로 파고드는 데 성공했다. 그쪽의 겨드랑이에 그녀가 자신하는 비수를 뻗는 속도는 가히 벼락처럼 빨랐다.

그런데 무거운 바람이 머리맡에서 떨어지고 있었다. 채영이 황급히 몸을 틀었지만 이미 늦은 때였다.

그제야 깨달았다. 중앙 마을의 외팔이는 일부러 방어하지 않았던 것이다. 자신보다 더 빠른 속도로 움직일 수 있었으니까!

뻐억!

채영은 골이 흔들렸다. 보이는 거라곤 아마도 자신의 정수리를 강타했다가 회수되는, 두꺼운 몽둥이 하나였었다.

인장을 이렇게 소진하긴 아까웠지만 어쩔 수 없었다.

슛!

채영은 현우의 등 뒤에서 나타났다.

그러고는 그의 등을 밀어 찼다.

"부탁해!"

마치 괴물에게 먹잇감을 던지듯이 말이다. 그 순간에도 현우는 방패로 시야만 남겨 둔 채 온몸을 가리고 있었고, 다른 한 손에는 언제든 상대의 급소를 타격할 수 있는 철퇴가 들려 있었다.

"윽."

밀쳐진 현우는 빠르게 중심을 잡으며 성일에게 다시 부딪쳤다.

중앙 마을의 외팔이가 굉장한 근력의 소유자라는 것은 처음 부딪쳤을 때 깨달았다. 그래서 외팔이의 둔기는 방패와 스킬로 받아 내며, 철퇴로 직후를 노릴 생각이었는데, 젠장!

"스킬은 이짝도 있구만. 불방망이 같지는 않아도 괜찮은 거여."

현우의 양 무릎이 땅에 닿았다. 큰 사각 방패로는 위의 충격에 대항하면서.

그때 현우는 성일의 배후를 다시 노리고 들어가는 채영이 보였다.

'그래. 가시나야! 이 무식한 아저씨부터 처치해야 하는 거다.'

그런데 갑자기였다.

방패 밑으로 불쑥 들어온 손 하나가 그의 발목을 움켜쥐었다.

피할 수 없는 속도였고, 떨쳐 내기에는 굉장한 압력을 동반해 오는 힘이 그 손아귀에 깃들어 있었다.

횡―

채영은 동쪽 마을의 리더가 자신을 향해 날아오는 것처럼 보였다.

중앙 마을 사람들이 소리쳤다.

"나왔다!"

"야쿠자…… 아니 인간칼리버!"

*　　　*　　　*

제 그룹의 리더가 다섯 마을을 통틀어 최강자라고 확신하고 있었던 지훈으로선 할 말을 잃었다.

'채영이 누님이…….'

결판이 빨리 날 거라는 건 예상했다. 승리자가 바뀌었을 뿐이지.

사람을 무기 대용으로 휘두르는 게 머릿속으로는 납득이 가도, 직접 그 광경을 눈앞에 두는 건 엄연히 다른 문제였다.

어느새 피떡이 된 두 사람이 바닥에 널브러져 있었다.

"잘 들어."

"어?"

"살려고 머리 굴려 대는 건 뭐라 않겠는데, 나이 먹었으면 나이 먹은 값 좀 해라. 그런 식으로는 얼마 못 가 끝난다."

"지금 네 그룹 리더가 이겼다고 지껄……."

지훈은 황급히 말을 그쳤다.

이 마을에 생존자 수가 유별나게 많았던 이유를 바로 직전에 확인한 데다가, 바로 그 이유인 외팔이 남자가 이쪽으로 걸어오고 있었다.

"저짝 아가씨 때문에 쪼까 애를 먹이긴 했는디 나쁘지 않았지? 근디 이짝은?"

성일이 지훈에게 관심을 보였다.

"안, 안녕하십니까. 형님. 저는 그러니까 저, 저, 저는⋯⋯."

지훈은 성일의 한 손에서 뚝뚝 떨어지고 있는 핏물에 말을 더듬었다.

성일의 얼굴에는 아직 전투의 흥분이 남아 있었다. 그럼에도 성일이 지훈에게 사람 좋은 미소를 지으려는 순간에는, 희번득한 그 어색한 미소가 지훈의 등골을 오싹하게 만들었다.

"어쨌든 살아남는 데 최선을 다해 봐라. 건투를 비마. 그리고."

"어?"

"다시는 아는 척 않는 게 신상에 좋을 거다. 꺼져."

선후가 냉담한 어투로 일관하고 있자, 성일의 어색했던 미소도 천천히 지워졌다.

"누구여?"

도망치듯 떠나는 지훈 쪽을 향해 물었다. 그러나 정작 선후에게선 대답이 없었다.

신경 쓸 가치도 없으니까.

*   *   *

채영이 누님을, 더군다나 다른 마을의 강해 보이는 리더까지 함께 상대했던 외팔이 남자가 오히려 녀석의 눈치를 봤다.

그리고 녀석은 그 외팔이 남자와 발언력이 강한 이 마을 여자를 부하처럼 끌고 탑 속으로 사라졌다가, 바로 직후에 둘을 겨드랑이에 끼고 나왔다.

직전에 당당히 들어갔던 것과는 달랐다.

외팔이 남자와 여자는 다 죽어 가는 몰골로 신음을 끊임없이 내뱉었다.

"저 안은 여기와 시간 축이 다른 지역이다. 그걸 염두에 두고 계획을 짜도록 해. 내버려 두면 내가 끝내 놓을 수도 있지만, 그건 너희들 판단에 맡기지. 단! 한 층당 하나씩은 내 거니까 손대지 말도록."

중앙 마을 사람 누구도 그 말에 반박하지 않는다.

"공략 시에는 최소한의 공격대를 갖추고 들어가도록."

다른 마을에서 온 사람들은 중앙 마을 사람들의 반응에 맞추고 있었다.

'뭐지. 뭐지. 뭐지. 뭐지!'

그 광경을 멀리서 지켜보던 지훈은 그러다 불현듯 든 생각에 배낭을 뒤적거렸다.

철제 함 속에 소중히 넣어 둔 담배 두 개비를 꺼내서 바쁘게 돌아다녔다. 접근하기 용이한 중앙 마을 사람을 찾기 위해서였다.

"안녕하세요."

"뭐야 너……."

사내는 자신에게 접근한 다른 마을 사람을 올려다봤다.

한 손에 들려 있는 검 쪽은 자신의 검보다 문양이 더욱 정교했으며, 대충 훑어보기에도 아이템 8개를 한계치까지 장비해 둔 것 같았다.

무엇보다 눈빛에 서려 있는 자신감은, 본인의 능력을 자부하지 않고서야 나올 수 없는 것이었다.

"서쪽에서 왔습니다. 거기에서는 서열이 다섯 번째였죠. 담배 피시나요?"

"그건 왜요."

지훈이 담배를 내밀었다.

"피시면."

"주면 저야 고맙죠."

사내는 주위의 눈치를 살피며 지훈이 건넨 담배를 받았다. 그러고는 가슴 안으로 조심스럽게 갈무리했다.

지훈이 물었다.

"아껴 피시게요?"

"왜요, 다시 돌려 달라고요?"

"이미 줬는데 드려야죠. 전 김지훈입니다."

"영일입니다. 이영일."

처음에는 각 마을 간에 싸움이 벌어질 것처럼 다들 날이 잔뜩 서 있었는데, 대결의 압도적인 승패로 분위기가 완전히 넘어왔다.

오딘이 첨탑 1층 문 하나를 또다시 박살 내며 일으킨 분위기도 컸다.

이런 상황에서는 사내도 다른 마을 사람에서 온 사람들과 알아 둬서는 나쁠 게 없다고 생각했다. 이후부터는 다 같이 섞여서 진행될 테니까.

"담배 한 개비 더 남았는데 생각 있어요?"

"이거면 됐습니다."

"앉겠습니다."

지훈은 히죽 웃으며 사내 옆에 앉았다.

"시간 축이 다르답니다."

"그럴 겁니다."

사내는 방금 전에도 그랬지만 어제도 봤던 게 있었다.

"대결에서 봤던 분이 이 마을 리더인 줄 알았는데, 아니었네요? 저분⋯⋯."

"오딘이요? 오딘도 우리 마을 리더가 아니십니다. 정확히는 리더시면서 리더가 아니시죠. 우리 마을에서 비비고 살려면 저분 모습 잘 봐 두었다가, 눈 밖에 벗어나지 마세요. 참고로 말 거는 것도 싫어하시는 분입니다."

중학 시절에도 그런 녀석이었다.

녀석이 기억할지 모르겠지만, 중학교 2학년 때 같은 문제아 반에 편성되면서 녀석과 친해지고 싶었던 적이 있었다.

하지만 자존심 굽히고 인사를 건넸을 때 돌아왔던 건, 무심한 눈빛뿐이었다.

어쩜 저렇게 달라진 게 없을까. 그때도 괴물이고 여기에 와서도 괴물이라니.

"오해하지 말아 주셨으면 하는데요. 오딘은 아이템이 없네요."

"그러고 보니 또 그러네요. 뭐, 오딘이라면 아이템이 없어도 능력치발과 스킬발이 워낙 대단해서 상관없을지도요. 오딘에게 탑 1층은 아이템이 필요 없을 만큼 쉬운 곳인가

봅니다. 원래는 안 그래요."

"그럼?"

"완전 무장한 오딘의 모습은 무시무시합니다."

"그런데 팔이 하나 있으신 분도 정말 강하시더군요. 그분 보다 더 강할 수 있다는 게, 상상이 되질 않습니다. 저는요. 우리 마을 리더가 그렇게 되리라고는 상상도 못 했습니다."

"인간 칼리버요? 어느 쪽이었어요? 남자. 여자."

"여자 쪽이 우리 리더였습니다."

"차라리 낫다고 해야 할지, 아니라고 해야 할지. 큭. 미 안합니다. 그런데 성일 아재가 나선 걸 다행으로 여겨야 할 겁니다. 오딘께서 나오셨다면 그렇게 끝나지 않았어요. 알 죠? 이거?"

사내는 손날로 제 목을 쓱쓱 긋는 시늉을 했다.

"애초에 새우들 노는 판에 고래가 끼어들지는 않았겠지 만. 뭐, 그게 그분의 방식이니까."

"오딘이 그렇게 강합니까?"

"마지막 웨이브 어땠어요?"

"……어땠겠습니까. 그런 괴물을 상대로."

"우리 마을에는 오딘이 있었습니다. 수아 씨와 성일 아 재가 오딘과 함께하긴 했지만, 사실 오딘께서 혼자 처치했 다고 보는 게 맞을 겁니다."

컥.

지훈은 응어리진 침이 목에 걸리는 느낌을 받았다. 상대는 조금도 허풍이 섞여 있다고 느낄 수 없는 어투에 그런 표정이었다.

"그걸 어떻게 혼자 처치할 수 있죠?"

"거짓말 같죠? 어디 그뿐만인 줄 아십니까. 어제 첨탑 끝 층에 들어가셔서⋯⋯."

사내는 주절주절 늘어놓았다. 오딘은 중앙 마을의 상징이었다.

그가 이 마을을 남쪽 마을의 야쿠자처럼 다뤘다면 생각만으로도 끔찍한 나날들이 됐을 텐데, 그는 마을 사람들을 강압했던 적이 단 한 번도 없었다.

아니 딱 한 번, 두 번째 리더였던 의사의 목을 날려 버린 것만 빼면.

어쨌거나 그가 존재함으로써 최악의 순간을 면할 수 있던 적이 한두 번이 아니었다.

그렇게 사내의 자부심 넘치던 설명이 끝이 났을 때.

"본 드래곤. 그 본 드래곤이요? 와⋯⋯ 별게 다 튀어나오네. 그런 게 가능해요?"

"그렇다니까요."

지훈의 얼굴은 몹시 어두워졌다.

'어떻게 그럴 수가 있었는지 몰라도, 씨발. 내 복을 내 발로 찼어. 그 새끼가 그렇게 강한 줄 진즉 알았으면 실수 안 했지. 미치겠네.'

*　　　*　　　*

지훈은 손톱 세운 손가락으로 머리를 긁어 댔다.

"당신 뭐야?"

가뜩이나 짜증 나고 심란한 판에, 미소 지으며 다가온 중 년 남자가 있었다.

"김지훈 씨 맞죠? 공격대를 다시 짜고 있습니다. 이왕이 면 네 마을의 정예들이 한 팀으로 힘을 합치는 것이, 생존 가능성을 높일 수 있는 방법이 아닐까 합니다만."

"좋은 말인데 그게 어디 쉬워? 나는 우리 그룹이 있어."

"서쪽에서 왔지?"

중년 남자가 어투를 바꾸는 그 순간, 세 사람의 이름이 흘러나왔다.

물론 지훈도 아는 이름들이었다. 자신이 속한 그룹의 서 열 두 번째에서 네 번째까지 이름들이었고, 남자의 어깨 너 머로 정확히 그 셋만 숙덕거리고 있는 모습들이 보였다.

같은 마을에서 온 사람들을 외면한 채 말이다.

"저것들, 벌써 승낙한 거야?"

"그래."

"와. 채영이 누님 무너졌다고 그새 갈아탄 건가? 새끼들 꼭 저런다니까."

"관심 없으면 그만두지."

"누가 관심 없다고 했나. 여기는 총 다섯 마을인데, 왜 네 마을이야? 중앙 마을이 빠졌나?"

"그렇지."

"그건 괜찮네. 여기 마을 새끼들 중에 마음에 드는 놈이 한 놈도 없으니까. 우리 변방치들은 대가리 숫자 맞춰서 놀아 줘야지."

1막 1장에서는 무대 사람들 전체가 퀘스트에 엮여 있었다.

하지만 2장에서는 첨탑에 여러 개의 공략 지역이 있는 것만 봐도 이후의 보상은 저 첨탑을 공략하는 순서대로 가져가게 되어 있었다.

어쩔 수 없이 방어만 해야 했던 것과는 달리, 이후부터는 제대로 공격대를 갖추는 등, 능동적인 공략이 요구되는 2장인 것이다.

지훈도 어렵지 않게 상황을 깨달았다. 늦어질수록 도태되는 거다.

"내 사람 한 명 데리고 들어가도 돼?"

"힐러일 경우에만. 나머지는 자리 없어."

"그 정도 눈치가 없을까 봐. 댁 이름 뭐라고 했지? 들려 줬던가?"

"강우성."

"문제는 공대장을 누가 잡냐는 건데, 지금에야 댁이 공대장 하겠다고 구는 것 같지만 사람 모이고 나면 사정 달라지지. 이렇게 하자. 내 사람 한 명 더 데리고 들어가는 걸로. 우리들은 무조건 댁 밀어주는 거로 하고. 물론 댁 능력이 받쳐 줬을 때에야 가능한 얘기야."

"지훈아. 머리도 굴려 본 사람이 굴리는 거다. 데려오겠다는 힐러가 주하라는 여자애 아니냐?"

"……."

"불쌍하게도, 너희 그룹의 봉인가 보군. 어쩔래. 형, 그냥 갈까?"

"형은 무슨. 간신히 삼촌뻘이나 되겠고만."

"하하. 그럼 삼촌이라고 불러. 나도 이참에 조카 두면 좋다."

뭐지? 이 사람.

지훈은 짜증 나는 게 맞는 상황인데, 이상하게 그런 기분이 들지 않았다.

나이를 먹으면서 점점 부러워졌던 사람이 바로 이런 타입의 사람들이었다. 사람이 능력이 있어 보이는데 동시에 어딘가 빈틈도 보여서 도리어 마음이 가는, 그런 타입.

주위에서 보면 대체로 그런 타입의 사람들이 자리를 잘 잡고 인맥도 좋았다.

능글맞게 짓는 미소가 젊었을 적에 여자깨나 울려 봤을 것 같고, 굵직하면서 무겁게 깔리는 중저음의 목소리도 마찬가지다.

남자의 말대로 여기가 사회였다면 삼촌이라고 불렀다.

혹시 아나.

인맥 발로 전일 그룹 계열 같은 대기업에 취직시켜 줄지도?

하지만 여기는 사회가 아니다.

"다 좋은데, 당신의 뭘 믿고 당신 공격대에 들어오라는 거야. 우리 오늘 처음 봤어. 내 한마디면 우리 쪽 사람들……."

그러자 남자의 손이 지훈의 시선 안으로 큼지막하게 들어왔다. 지훈이 그토록 신봉하던 채영을 능가하는 속도로.

"지훈아. 안 따라와도 괜찮으니까 악수나 한번 하자. 오늘만 있는 거 아니다."

어차피 남자의 목적은 공격대 자체에 있지 않았다.

야쿠자였다던 남쪽 리더는 이미 죽었다 했고, 동쪽과 서쪽의 리더는 하루 이틀 내로 재생될 것 같지 않았다.

지금이야말로 세 마을의 통제권을 가져올 수 있는 순간이었다. 중앙 마을의 자치 위원회가 다른 마을을 규합하는 실력은 아마추어일 뿐이고.

그렇게 한 걸음씩 세력을 확장시켜 나가는 거다.

'세력을 이룬 채로 서울에 돌아가기만 하면…….'

남자가 얼떨결에 손을 내민 지훈과 악수하며, 다시금 각오를 다질 때였다.

"강우성 씨 맞습니까?"

선후의 목소리가 둘에게 부딪쳤다.

*　　*　　*

"자리 좀 비켜 주지?"

"미안했어. 오랜만에 널 봐서 기분이 너무 업된 나머지. 그래서 하는 말인데 담배나 한 대 피……."

지훈은 서늘한 눈빛을 마주하고 있는 상태에서 말을 끝까지 잇지 못했다.

떠나가면서도 미련이 남은 얼굴로 간간이 뒤를 돌아보던 그의 모습은 곧 사람들 속으로 사라졌다.

"그렇지 않아도 만나고 싶었습니다. 오딘이라고 부르면 될까요?"

"따라오세요."

선후는 사람들의 시선이 미치지 않는 곳으로 자리를 옮겼다.

그러니까 그의 처소였다.

묘한 흥분과 열기로 어수선한 바깥과는 다른 분위기로 가득한 곳이었다. 성일과 수아, 두 남녀의 고통 깃든 신음소리가 우성의 긴장감을 북돋았다.

"저희 쪽에 힐러가 있습니다. 필요하다면 데려오겠습니다."

선후는 대답 없이 안방으로 들어갔다.

우성은 어쩐지 심판대로 끌려가는 기분이었다.

'중앙 마을에서 시도하고 있던 일을 오딘이 눈치챘던 것일까? 그러기에는 시간이 너무 짧았을 텐데? 그렇다 해도 마을 일에 크게 관심 없다 하지 않았나?'

두근두근.

우성의 심장이 빠르게 뛰며 그에게 경고를 보내왔다. 그때 선후가 자리를 대충 잡고 앉아, 그의 앞자리를 턱짓해 가리켰다.

우성은 평소에 그의 마을 사람들에게 지었던 미소를 지을 수 없었다.

민족선인 동지와 했던 추정과는 달리, 오딘이 새파랗게 젊은 청년이었기 때문에 더 그랬다.

젊은이들은 많은 실수를 통해 가치관이 바로 서기 전까지 성급하기 마련이었다. 멈추고 싶어도, 손에 칼을 쥔 젊은이의 성급함 때문에 어쩌면 여기서 죽을 수 있겠다는 생각이 계속 들었다.

"웨이브를 정리하시자마자 대뜸 철영이를 죽였어요. 싹둑. 스킬 한 방으로 목을 날리셨죠."

"왜요?"

"……그걸 모르니까 놀랐죠. 뭔가 마음에 안 드셨던 게 있으셨을 텐데. 어쨌든 철영이 괜찮은 녀석이었어요. 그런데 그것 말고는 다행히 별일 없었네요."

"처음에 하셨던 얘기를 더 듣고 싶은데 괜찮을까요? 인도관이 제물을 요구했을 때, 오딘은……."

우성은 중앙 마을 사람에게 들었던, 그들의 두 번째 리더이자 젊은 의사의 이야기를 상기하며 자리에 앉았다.

"강우성 씨는 이전에 뭐 했습니까? 이전. 사회에서 말입니다."

"정치 활동 작게 하고 있었습니다."

"국회 의원?"

"아이고 말씀만이라도 감사한데, 그럴 깜냥은 못 되는 놈입니다. 시 의원이었습니다. 신길동. 영등포구 제3선거구에서 말이죠."

그다음으로 선후는 말이 없었다.

"……."

우성은 갑자기 찾아온 공백이 더욱 위험하게 느껴지기 시작했다.

상대가 대체 무슨 이유로 자신을 불러다 놨는지 알 수 없었다. 다른 사람들과의 교류를 극도로 꺼려 한다는 사람이, 자신을 불러다 놨을 때에는 그만한 이유가 있을 텐데?

그때부터 실내의 공백이 채워진 건 맞다.

하지만 목소리가 아니다.

상대가 이쪽을 응시하고 있는 시선뿐으로, 호의인지 호기심인지 적개심인지 알 수 없는 정체불명의 시선이었다.

아마도 적개심이 맞을 거다.

우성은 어쩐지 등이 축축해지는 느낌을 받으며 웃음을 짜냈다.

"아하하…… 이거 조금 어색하네요."

"그럴 수밖에 없을 겁니다. 몇 가지 물어보고 싶군요. 만일 시작의 장을 돌파하는 데 성공한다면, 나가서 무엇을 하시겠습니까?"

우성은 강한 직감을 받았다.

건물로 들어오면서 받았던 느낌이 틀림없었다.

여기는 자신의 생사(生死)가 결정되는 자리다!

그런데 뭘까.

'대체 내 무엇이 거슬려서?'

*   *   *

선후는 아직도 본 시대의 거리가 꿈에 나왔다.

방치된 시신들.

앙상하게 뼈만 남아 각성자들을 쫓아다니거나, 쓰레기와 몬스터 사체를 뒤지는 아이들.

그런 광경에 누구 하나 눈길을 주지 않는, 암울한 그 거리들이 말이다.

특히 어머니의 우울증을 보다 못해, 이모를 찾아 들쑤시고 다녔던 고국의 거리는 유별났다. 선후에게는 그 거리를 뒤지고 다녔던 날들이 각성자 인생에서 전환점이 되었다.

그때 이 남자와 만났다.

강우성.

한국인 각성자들 중에서는 상위권이라 알려진 남자였다.

리더십이 훌륭한 남자였고 하는 말들은 각성자답지 않게 올곧아, 성격 파탄 각성자에서 간신히 한 명의 사람으로 돌아와 있던 선후에게 깊은 감명을 주었다.

그래서 선후는 이모를 찾아 함께 북미의 길드로 돌아가며 생각했었다.

이 정도의 남자라면 전 세계의 거리는 아니더라도, 이 지독한 한국의 거리만큼은 조금이나마 밝게 만들 수 있지 않을까, 하고 말이다.

하지만 많은 시간이 흘러, 선후가 그를 다시 본 장소는 내전을 통틀어 최대 전투라 불렸던 레볼루치온 유럽 항쟁 전투에서였다.

거기에서 우성은 코드명 대신 불귀(不歸)라 불리고 있었다.

불귀.

한 번 가고는 다시 돌아오지 못하는 것, 곧 죽음.

칠선팔선 자매 그룹의 선봉 길드장으로서 '팔악팔선' 이라는 네임드에 들지 못할 뿐이었지 충분히 강한 자였으며 누구보다도 신념이 투철했다.

시스템의 완전한 신봉자. 그러며 능숙한 선동자.

때문에 그가 참여하는 전투는 언제나 격렬했고 잔혹했다.

반대 진영이라면 각성자든 민간인이든 구분이 없었다. 그에게 선동된 자들 또한, 그와 함께 반대 진영을 짐승처럼 도륙하고 괴롭혔었다.

그런데 반대 진영이 아닌 사람에게도 똑같이 대했다. 무슨 말이냐 하면 팔악팔선 어느 쪽에도 끼지 않은 극소수의 각성자들 말이다. 선후 같은.

'강우성. 시스템을 신봉하던 치들로서는 당신이 제일이었어. 팔선들도 당신만은 못 했지. 그들은 제 목숨을 아끼는 구석이라도 있었으니까.'

선후는 우성과 그의 길드원들에게 붙잡혀 팔선 그룹의 총본부로 끌려갔던 일을 떠올리고 있었다.

조나단이 이끌고 온 애송이들의 희생이 없었다면 선후는 그날 끝났다.

'하지만……'

많은 게 변하고 있다.

당시에 최고 주적이었던 팔악팔선 중 몇을 이미 제 그룹으로 포함시켰다.

금융 시스템을 온전히 지켜서 문명의 파괴도 없었다. 랜덤 시스템의 일부분을 수정해서, 효과를 제 눈으로 똑똑히 보고도 있었다.

생존자 수가 많아진 것과는 별개다.

본 시대의 시작의 장에서는 이 무렵 즈음부터 박스를 띄우기 전에 별 해괴한 기도와 의식들이 만들어지고 있었다.

시스템을 선악(善惡)으로 구분 짓던 이야기도 고조됐었다.

그러나 지금은 그렇지 않다. 스킬과 아이템이 여전히 랜덤으로 떨어져도, 본인의 자유 의지로 성장을 주도할 수 있게 되면서부터였다.

"문제 일으킬 마음은 조금도 없습니다. 오딘의 룰을 어긴 게 있다면 말씀해 주십시오. 언제든 오딘의 고견을 듣겠습니다. 아하하하……."

선후의 무정한 표정에는 변함이 없었다.

'지금은 문제가 없지. 시스템을 신봉할 가능성도 현저하게 줄었고. 하지만 그 대단했던 신념과 야망이 어디로 튈 줄 모른다는 게 문제다. 난 당신이 누군지 똑똑히 알고 있어. 배경이 바뀌어도 본성은 바뀔 수 없지. 머리 굴리지 말아야 할 거야.'

"강우성 씨. 대답해 주시죠."

아니 불귀.

*　　　*　　　*

그건 권력자의 특권이다.

여기처럼 힘이 지배하는 세상이라면 더욱이 그렇다.

우성은 대답을 피할 수 없다는 걸 인정하며 입을 열었다.

"세계 각성자 협회에 가담할 겁니다. 감명 깊더군요. 그 연설."

"그랬습니까?"

"덕분에 사전 준비를 할 수 있었습니다. 가족들과도 인사를 나눠 뒀죠. 그래도 설마하니 제가 당첨될 줄은 몰랐는데, 운이 좋다고 해야 할지 나쁘다고 해야 할지."

"어떻습니까? 운이 좋은 것 같습니까?"

"그렇게 생각하려고 노력 중이긴 합니다. 여기가 빠듯하고 어렵긴 해도, 강해져서 나갈 수만 있다면야 외계 문명과의 침공에 대항하는 데 한몫 거들 수 있지요. 나는요, 세계 각성자 협회와 함께 우리 가족과 이웃을 지키렵니다."

"시정 활동은 그만두고 말입니까?"

"저 같은 놈보다 훌륭하신 분들 많습니다. 시정 활동을 할 수 있었던 것도, 운이 좋아서 많은 도움을 받았기 때문이었죠. 저 그렇게 특출난 놈 아닙니다. 그리고 각성자로 선택됐으면 각성자만의 직분에 충실해야 하지 않겠습니까. 저는요. 그러렵니다."

우성은 조금이나마 가슴을 쓸어내릴 수 있었다.

어른 흉내를 내는 게 아니다.

차분한 어투와 눈빛 그리고 시정 활동이라는 어휘 등.

그것들은 결코 10대 후반에서 20대 초반의 젊은이가 가질 수 있는 게 아니었다.

여전히 사지(死地)에 머물고 있는 것은 맞지만, 적어도 어느 젊은이의 성급함 때문에 죽을 가능성은 사라진 것이다.

오딘이라고 불리는 이 청년, 대면할수록 불가사의했다.

그 순간에 우성의 뇌리를 퍼뜩 스치고 간 생각은 하나였다.

'이렇게 강하고 성숙한 청년이 날 도와주면…… 아니지, 무슨 생각을 하고 있는 거냐. 발을 조금만 잘못 내디뎌도 바로 싹둑인데.'

"대뜸 철영이를 죽였어요. 싹둑."

싹둑?

우성의 두 눈이 부릅떠졌다. 설마 아니겠지, 했던 그 순간에 일이 벌어졌다.

'아니, 왜?'

싹둑!

＊　　　＊　　　＊

"끝까지 거짓말은……."

선후의 발밑으로 핏물이 흘러왔다.

머리 굴리지 않고 솔직하게 이야기했다면?

불귀 강우성 또한 이선과 사선처럼 신(新) 제국 안으로 편입됐을 것이다.

우성과 대화를 나누고 있던 상황에서도, 감각을 키워 그와 함께 북쪽에서 내려온 사람들의 대화에도 귀를 기울이고 있었던 선후였다.

북쪽 마을 사람들에게 자주 언급되고 있는 단어가 있었다.

아버지의 성함, 전일.

과연 제 그룹을 하나로 묶는 데 그 이름을 이용한 것인지, 진심으로 시국을 안타깝게 생각해서 그런 것인지는 더는 상관없어졌다.

시종일관 굴려 대는 눈알. 거기에서 한 번씩 번뜩였던 이채.

그것들만큼은 불귀의 전성기 시절을 고스란히 담고 있었다.

선후는 목이 잘린 몸뚱이를 어깨에 메고, 얼굴은 겨드랑이에 꼈다.

그렇게 우성의 핏물로 발자국을 만들며 걸음을 옮겼다.

뚜벅뚜벅.

우성의 시체를 전사자들의 무덤으로 옮기려는 것이었다.

선후는 문을 열고 나올 때, 지훈과 딱 마주쳤다. 시신이라면 한두 번 본 게 아닌 지훈이라도 순간 뒷걸음질부터 쳤다.

"나, 나, 나는……."

"마지막이다. 한 번만 더 접근하면 너도 끝인 줄 알아. 비켜."

과거의 기억.

우성에게 당했던 일과 그가 보여 주었던 괴악스러운 모습들.

한번 떠올렸던 기억들이 생생하게 되살아나면서, 선후의 두 눈에는 살의가 여전히 꿈틀거리고 있었다.

지훈은 피마저도 얼어붙는 것 같았다.

지독한 공포였고 몸이 제대로 통제되지도 않았다.

그가 허둥대다가 뒤로 나자빠졌을 때, 선후가 그 옆을 스치고 지나갔다. 우성의 시체에서 흘러내린 핏물이 지훈의 얼굴 위에도 떨어졌다.

지훈이 숨쉬는 것도 멎은 채 선후가 멀어져 가는 모습을 지켜보던 때.

다른 사람들의 시선도 선후에게로 쏠렸다. 개중에는 우성이 오딘에게 불려 갔다는 걸 듣고 몰려온 북쪽 마을의 사람들도 있었다.

하지만.

북쪽 마을 사람들 중 누구도, 소리를 내는 사람이 없었다.

그러기에는 선후의 분위기가 너무 살벌했기 때문이다.

그들은 침묵했다.

〈다음 권에 계속〉

DREAMBOOKS